De man die terugvindt wat verloren is

Michael Köhlmeier

De man die terugvindt wat verloren is

vertaald door Marianne van Reenen

Manuzio

De uitgever ontving voor deze publicatie projectsubsidie van het Nederlands Letterenfonds.

**N ederlands
  letterenfonds
dutch foundation
for literature**

Oorspronkelijk verschenen bij Hanser Verlag onder de titel *Der Mann, der Verlorenes wiederfindet*
© 2017 Carl Hanser Verlag GmbH & Co. KG, München

© 2022 uitgeverij Aldo Manuzio – Kampen
Manuzio is het literaire label van Aldo Manuzio
www.aldomanuzio.nl

De meeste bijbelteksten in deze uitgave zijn ontleend aan de NBV21
© Nederlands-Vlaams Bijbelgenootschap 2021.

De twee citaten uit de *Belijdenissen* van Aurelius Augustinus zijn overgenomen uit Aurelius Augustinus, *Belijdenissen*; ingeleid, vertaald en van aantekeningen voorzien door Wim Sleddens O.S.A. Budel: Damon, 2011.

Vertaling: Marianne van Reenen
Omslagontwerp: Flashworks
Opmaak binnenwerk: Stampwerk

ISBN 9789492600479
NUR 302

Alle rechten voorbehouden. Niets uit deze uitgave mag worden verveelvoudigd, opgeslagen in een geautomatiseerd gegevensbestand of openbaar gemaakt in enige vorm of op enige wijze, zonder voorafgaande schriftelijke toestemming van de uitgever.

Voor hem

1

Nu lag de man die terugvindt wat verloren is in Arcella op het plein voor het klooster.

Hij had de pijn niet meer kunnen verdragen. De weg van Camposampiero naar Padua was geplaveid en de wagen slecht geveerd, en nog voor ze er waren, hadden ze de koetsier opgedragen te stoppen. De clarissen, die al door een pater op de hoogte waren gebracht, waren uit het klooster toegesneld, ze hadden een deken en een nekrol bij zich en ook een veldbed dat met touwen bespannen was. De broeders hadden hem naar de piazza gedragen, Antonius had het bewustzijn verloren. Toen hij eenmaal rustig lag en de zon op zijn magere ledematen scheen, kwam hij weer bij.

Hij zag de hemel. Hij zag de gevels van de huizen, waarboven de hemel verrees. Eerst hoorde hij de merels nog. Zijn hoofd draaien om te zien wat er om hem heen gebeurde, wilde hij niet. Hij lag een handbreed boven de aarde, zijn naakte hielen raakten het plaveisel, maar zijn blik ging naar de hemel, die op die namiddag in juni blauw en wolkeloos was. Een gemurmel kwam van ver aangekropen en overstemde het gezang van de merels, het gleed over het plein en omsloot hem alsof het langs de voorgevels werd gestuwd. Drieduizend mensen waren de paard-en-wagen vanuit Camposampiero gevolgd, een lange, brede processie, ze hadden de velden links en rechts van de weg vertrapt, maar de boeren, knechten en meiden hadden niet gevloekt, ze hadden hun vorken neergegooid en waren achter hen aan gelopen op hun met aarde aangekoekte schoenen en hadden meegezongen en meegebeden: *Ave Maria, gratia plena. Dominus tecum. Benedicta tu in mulieribus...* – honderdvijftig keer, na elke tiende keer een onzevader en dan weer van voren af aan.

In Camposampiero had Antonius nog voor deze mensen gepreekt, zijn stem was krachtig geweest en zijn woorden hadden de verwachtingen overtroffen. Bovendien was hun beloofd dat hij iedereen de biecht zou afnemen. Iedereen? Drieduizend man? Jazeker, zou het antwoord zijn geweest als iemand het had gevraagd, maar dat had niemand; jazeker, deze biechtvader had voor iedere ziel maar één blik nodig; alsof hij in de helverlichte schacht van een put keek, kon hij de plek zien waar de ziel bokkig wegkroop, lijdend maar vol hoop. Geen man of vrouw hoefde het kwaad dat elke ziel nu eenmaal uitwasemde voor hem bijeen te schrapen, aan het licht te brengen en in zijn oor te wrijven. Hij wist alles. Drie kamerschermen op het plein voor de kloostermuur dienden als biechtstoel, daarover werd een zeil tegen de zon gespannen, en klaar. Verder zou hij aan het begin van de exercitie met een mesje het teken van het kruis in zijn duim snijden en die ter absolutie op het voorhoofd van de biechteling drukken na er eerst een druppel bloed uit te hebben geperst, zo werd er tijd bespaard en kon er in één dag aan drieduizend zondaren verlichting worden geschonken. Maar de heilige, zoals ze hem noemden – *il Santo* – zou achteraf wel drieduizend druppels bloed armer zijn. Dat was in de hele christenheid nog nooit vertoond.

Hij had voor die drieduizend mensen gepreekt tot het niet meer ging. En toen het niet meer ging omdat het hem zwart voor de ogen werd en hij begon te wankelen, waren zijn broeders te hulp geschoten en hadden hem van het provisorische preekgestoelte gehaald en naar het klooster in de schaduw gedragen. Maar Antonius, zo wisten ze en vertelden ze verder, had gevraagd of ze hem naar Padua wilden brengen, want in Padua wilde hij sterven – omdat de zeereis te lang zou duren, naar Lissabon, naar zijn geboorteland, waar zijn vader en moeder woonden en zijn zus, die hij nu waarschijnlijk pas in de hemelse zaligheid zou weerzien. Dus hadden ze twee paarden gespannen voor de wagen die normaal gesproken het bier vervoerde waar de minderbroeders van het klooster in Camposampiero beroemd om waren. Op de bok naast de koetsier zou zijn buik te veel zijn samengeperst; in zijn buik concentreerde zich de pijn, die ondertussen tot in zijn vingertoppen en voetzolen uitstraalde; dus legden ze hem achterin op de planken bodem, ingeklemd tussen twee vaten, zodat hij niet uit de wagen zou vallen. Maar het plaveisel was vreselijk hobbelig en de wagen hotste en botste, dus de broeders die hem begeleidden, hadden besloten in Arcella te stoppen om Antonius wat rust te gunnen. Het was zijn wens geweest dat ze hem onder de blote hemel op het plein legden, want hij wilde naar de hemel kijken. Nu sprak hij enkel nog maar Portugees – 'Eu quero olhar para o céu...' Broeder Martinho, die om zijn idool te zien een jaar eerder uit Lissabon was gekomen, moest vertalen.

Maar de drieduizend mensen waren de wagen tot op de laatste man en vrouw gevolgd; niemand had zich omgedraaid en rechtsomkeert gemaakt omdat hij genoeg gezien en gehoord meende te hebben. Ze wilden allemaal getuige zijn van het moment waarop God Zijn heilige tot zich nam. Niemand praatte luid, ook de kinderen niet, maar praten deden ze allemaal. Ze wilden elkaar ervan verzekeren dat het zo meteen zou gebeuren, het onvoorstelbare. Er leefden vele vragen. Die werden gemompeld, van mond tot oor. Mannen en vrouwen die elkaar nog nooit hadden gezien, die uit Montebelluna waren afgedaald en uit Ferrara omhoog waren gelopen, uit Bologna en Mantua, uit Verona en Venetië waren toegestroomd, ze vertrouwden elkaar. De een vertrouwde dat de ander een expert was inzake de tenhemelopneming van een heilige. De een vroeg de ander en de een antwoordde de ander. Daaruit ontstonden speculaties die de dialogen van Gregorius de Grote eer zouden hebben aangedaan, en een gemurmel dat het gezang van de merels overstemde.

Het onvoorstelbare was het thuishalen van een heilige door God. Onvoorstelbaar, ten eerste omdat God onvoorstelbaar was; ten tweede, omdat niemand sinds de Hemelvaart van Christus, beschreven door de evangelist Lucas – *En terwijl Hij hen zegende, ging Hij van hen heen en werd opgenomen in de hemel...* en in de Handelingen der apostelen: *Toen Hij dit gezegd had, werd Hij voor hun ogen omhooggeheven en opgenomen in een wolk, zodat ze Hem niet meer zagen...* –, ooit nog had gezien hoe een mens – of liever gezegd, iemand die tot dan toe mens was geweest – door onzichtbare handen en armen zomaar regelrecht van de aarde omhoog werd getild, daarna als het ware de lucht in werd geslingerd of geblazen, of eigenlijk: aangezogen door de machtige longen van de Almachtige, hoger en hoger, steeds hoger, totdat hij als piepklein stipje in de blauwe lucht verdween. Als dat gebeurde, mompelden ze, moest je een poosje wachten, hoelang precies zou een van de aanwezige geestelijken wel vertellen, en daarna kon je – zolang iedereen zijn mond hield en niemand op zijn spijkerschoenen rondhoste of -kloste – boven, heel ver weg, een deur horen opengaan, wat betekende dat de heilige was opgenomen. Waarna ze getroost in jubelzang mochten uitbreken.

2

Antonius keek naar de hemel. Eerst was die blauw, meteen daarna van goud, en in het midden maakte zich een schaduw los die op het silhouet van een man leek, die oprees en draaide alsof hij op het punt stond een dans uit te voeren. Of het was de wolkkolom uit Exodus: *De HEER ging voor hen uit om hun de weg te wijzen, overdag in een wolkkolom, 's nachts in een lichtende vuurzuil. Zo konden ze dag en nacht verder trekken...* – Hij wist dat het niets te betekenen had; het was gezichtsbedrog, iets wat gebeurde als je je oog onbeschut aan de gloeiende middaghemel blootstelt, net als wanneer je je gebalde vuisten tegen je oogappels drukt. Zo had hij als kind en jongeman geesten tevoorschijn getoverd en gesprekken met hen gevoerd. Lange, dunne, gebogen boodschappers waren het geweest en je kon niet zien waar ze vandaan kwamen, van beneden of van boven, en ook niet welke boodschap ze kwamen brengen. Toch was hij er als kind even zeker van geweest als nu, op zijn schamele sterfbed voor Arcella in een lege straal van twintig stappen, ingesloten door drieduizend stervensnieuwsgierige mensen, dat ieder woord dat tussen hem en deze hersenschimmen werd uitgewisseld uit niets anders voortkwam dan uit hemzelf, uit zijn eigen geest en ziel, waarvoor hij en niemand anders verantwoordelijk was; en dat hij, aangenomen dat de boodschappers inderdaad uit de hel kwamen, met hen in de taal van de hel sprak als hij hen aan het woord liet. Dat hij dus de taal van de hel beheerste.

Later had hij op het priesterseminarie van de augustijner kanunniken in Coimbra, toen hij tien uur per dag niets anders deed dan lezen – in de eerste plaats uiteraard Augustinus van Hippo, de intelligentste man sinds de apostel Paulus, maar ook Dionysius de Areopagiet en Boethius (diens *Consolatio philosophiae*, waarop hij een commentaar schreef, dat zelfs de *abbas primas* ter hand werd gesteld), verder de met groot wantrouwen bejegende Johannes Scottus Eriugena (die tot opluchting van de gewetensvolle jonge geesten op het seminarie hét doorslaggevende argument aanvoerde tegen de radicale predestinatieleer, die stelde dat vanaf het begin der tijden al vastlag wie er gered en wie er verdoemd waren: omdat God het *Iets* was, kon Hij nooit het kwaad, dus het niets willen; Hij kon het zelfs niet kennen, en een van meet af aan vaststaande veroordeling was nu eenmaal iets kwaads) – op het seminarie had hij dus als zestienjarige *studiosus* van deze geachte leraren geleerd de boodschappers uit de hel te herkennen wanneer ze, weliswaar als vrucht van zijn eigen verbeelding, maar dan nog, voor zijn dichtgeknepen ogen verschenen.

Bijvoorbeeld Asmodeüs, de lenige demon die met luxe lokt. Als die klaar was met zijn schimmige dans, keerde hij Antonius de rug toe, strekte zijn arm uit alsof hij naar een haak in de hemel wilde grijpen, wrong zijn hoofd onder zijn oksel door en groette hem altijd met dezelfde woorden: Denk je dat je God om niet vreest? En zette zonder het antwoord af te wachten meteen in de soepelste zinswendingen uiteen dat het menselijk geloof in God niets anders is dan afzien van genot, en dat uit bangheid, louter bangheid. Maar al bij de aanblik van een financieel gewin belovende trouwring of een Arabische hengst, en zo niet, dan in elk geval bij de aanblik van een kostbare boekrol die in je bezit zou kunnen komen, laten we zeggen *De beata vita* van de Heilige Augustinus, bleef van die op het oog zo vrome vurigheid niets over, net als de muren van Jericho nadat de Israëlieten zevenmaal om de stad heen waren getrokken en op de bazuinen bliezen. Geloof, vurigheid en vroomheid waren na-aperij van achterbakse lieden, die zonder een kik te geven een trap tegen hun achterste op de koop toe nemen zolang hoofdbrekens hun bespaard blijven. Het rijk der ideeën ging onder de eerste scherpe blik van het verstand in rook op; wat overbleef waren een paar speekseldruppeltjes van de ijveraars en verder niets. Alleen materie was goddelijk. Geest en ziel moesten samen met de handen zo dienstbaar mogelijk zijn aan wat voor het grijpen lag en geen waanbeelden bedenken, die zich alleen al in schoonheid niet konden meten met een kiezelsteen, laat staan in bestendigheid. – Asmodeüs kreeg een weerwoord uit de Psalm: *Het kwaad zal je niet bereiken, geen plaag zal je tent ooit treffen. Zijn engelen geeft Hij opdracht over je te waken waar je ook gaat. Op hun handen zullen zij je dragen, je zult je voet niet stoten aan een steen.*

Anders was het als Kaïnsdochter Naäma verscheen, de uitvindster van blanketsel voor vrouwen, dat door God gegeven en door God bepaalde lelijkheid kan veranderen in verleidelijke schoonheid. Ze materialiseerde zich kringelend uit nevel, damp en rook tot een vrouwelijk silhouet van harde, zwarte onyx, glanzend als een slakkenspoor in de zon, wulps als tien lichtekooien en stevig als de Aphrodite van Knidos op de afbeeldingen die in de kloosterbibliotheek achter slot en grendel werden bewaard en waarvan op het seminarie amateuristische kopieën in omloop waren. Haar eerste woord was: Vraag! En altijd stelde hij een tegenvraag: Wat moet ik u dan vragen, juffrouw? Zij: Noem me mevrouw en vraag me hoe de liefde kan zijn! Hij: Ik wil het niet weten. Zij: Wil je sterven zonder nog een laatste keer het onderscheid gevoeld te hebben tussen buiten en binnen, tussen huid en schoot? – Er volgde een weerwoord met de verzen van woestijnvader Antonius (wiens naam hij bij zijn toetreding tot de orde van de minderbroeders aannam nadat hij de *Vita Antonii* van Athanasios van Alexandrië had bestudeerd): *Eén wijsheid is mij bekend / en ik ben pas kort op aarde: / laat de verleiding verdwijnen / en niemand zal gered worden*. – Waarop het blanketsel op de tronie van de demon begon te smelten en als was boven een open haardvuur naar beneden droop; daaruit kon de les worden getrokken dat haar opsmuk er *summa summarum* alleen toe diende de hemel met standvastigen te vullen.

Hij lag op de harde, hete keien, die hem van onderen evenzeer roosterden als de zon van boven, en algauw lukte het hem niet meer met het leger van zijn gedachten over de pijn weg te galopperen. De pijn leek op een trektocht door heuvelachtig voorland en daarna door een gebergte vol kloven en vergezichten, en nu had hij eindelijk de hoogvlakte bereikt, die onverwachte troost bood: erger kon het niet meer worden. *Niets verzacht mijn pijn wanneer ik spreek, en als ik zweeg, zou die dan weggaan?* Zijn lijf bonkte nog heviger dan eerst, maar nu gelijkmatig, zonder glimpen van de groene dalen van de hoop, die keer op keer door de teleurstelling met een boosaardig genoegen werden verduisterd.

Antonius wilde bidden, maar hij kwam niet op de vaste formuleringen, die wel belangrijk waren omdat ze de gedachten de vrije teugel lieten en een monnik hielpen met gemak meer dan zes uur te blijven bidden zonder murw te worden. Het was onmenselijk om zoals Franciscus te verlangen dat de bidder, hoelang het gebed ook duurde, elk woord overdacht alsof hij het voor het eerst uitsprak. Was het eigenlijk wel de mens die sprak als er gebeden werd? Paulus had gezegd: *Wij weten immers niet wat we in ons gebed tegen God moeten zeggen, maar de Geest zelf pleit voor ons met woordloze zuchten.* Volgens Franciscus moest ieder mens zijn eigen gebed bedenken, want God had ieder mens ook geschapen met een eigen karakter, met een eigen geest en een eigen hart.

Daarover had Antonius graag met de stichter van zijn orde gediscussieerd. Toen ze elkaar hadden ontmoet, één keer maar, spraken ze over andere dingen. Van een tweede ontmoeting was het niet meer gekomen, want Franciscus was gestorven. Was het niet beter, zou Antonius hebben aangevoerd, in het gebed een melodie te zien, die de grondslag vormt voor alles wat de mens doet, denkt en voelt, ook voor zijn dromen? Dan zou het gebed even lang duren als het leven zelf. En was dat niet juist de bedoeling? Maar daarvoor waren formuliergebeden nodig. Die gebeden maakten het mogelijk woorden uit te spreken zonder de betekenis te hoeven begrijpen, want de mens moest naast bidden toch ook nog leven, het veld ploegen, koeien melken, schapen hoeden, brood bakken, dakdekken, leerlooien, soep koken, kinderen opvoeden, naar de ouderen luisteren, louter zaken waarbij je je verstand moest gebruiken en waarvan het gebed je dus afleidde... – Maar de formuliergebeden schoten hem niet meer te binnen. En de geest sprak niet. De woorden voegden zich niet tot een gebed, de klanken voegden zich niet tot woorden en niet tot een melodie.

In plaats daarvan zei hij het alfabet op; stil voor zichzelf, zodat zijn stem nog net zijn strottenhoofd liet trillen. Dat was een dagelijkse oefening. Huiswerk voor redenaars. Klinkers, medeklinkers en tweeklanken vormden de basiselementen van de spraak; ze moesten precies zijn, onuitwisselbaar als de ziel van de mens, maar ook sociaal als diens handelen, ze moesten soepel blijven, gespierd en paraat. Speelde zelfs niet de beste muzikant de toonladder op zijn psalter van laag naar hoog en andersom, en dat wel duizend keer per dag, ook al zou er nooit een melodie uit ontstaan? Als je je mes slijpt, heb je nog geen worst; maar als je het niet slijpt, kun je de worst niet snijden. Sinds hij zich had gerealiseerd dat zijn roeping die van een redenaar was, een woordentrommelaar in dienst van het Evangelie, had hij oefeningen bedacht en in geheime notitieboekjes gerubriceerd (het 'geheime' eraan was trouwens gelegen in een vrolijk leugentje: op die boekjes schreef hij de onschuldigste titels – *Gedachten over het ochtendgebed* of *Over de nederigheid* of *Jezus' woorden over eenvoud*).

3

Hij herinnerde zich de eerste grote pijn in zijn leven – je moet kwaad met kwaad bestrijden, dus pijn met pijn, heden met verleden, dat immers ooit ook heden was. Hij was tien en kon al veel. Hij kon bijvoorbeeld dieren ontweien. Hij kon een dode haas opensnijden en de darmen en galblaas verwijderen zonder het vlees te verontreinigen, en hij kon hem villen zodat het vel gebruikt kon worden. Dat had hij van zijn grootvader geleerd. Zijn ouders bemoeiden zich weinig met hem, zijn vader zat in de politiek, zijn moeder in de kerk; zijn oom, de monnik, wilde een mager monnikje van hem maken, hij stond hem bij elke hoek op te wachten. Zijn grootvader behandelde hem als een man; hij vertelde hem ook sages, maar dat deed hij wel met een basstem en zonder mooie woorden, zodat Antonius, die toen Fernando heette, geen onderscheid kon maken tussen fantasie en werkelijkheid en dat ook niet wilde.

Op een keer had zijn grootvader hem weer op jacht meegenomen; met honderd man waren ze opgetrokken tegen de wolven die dat jaar vanuit het noorden waren binnengevallen en de boeren de oorlog hadden verklaard. En hij, Fernando, was verdwaald. Hij was meegemarcheerd in de rij drijvers, die kabaal maakten om de wolven op te jagen en in het schootsveld van de slingers, pijlen en speren van de jagers te drijven, toen er voor hem een jonge vogel van een rotswand was gevallen. Hij had een grote belangstelling voor vogels. Hij kon vijftig vogelsoorten opnoemen, en ook de ondersoorten; hij herkende ze aan hun vlucht, legsel, zang en nestbouw. Het was een kleine bijeneter, die al bonte veren had. Fernando knielde neer en onderzocht hem; als het broze wezentje een vleugel had gebroken of zijn buik opengereten, had hij het moeten doden. Hij onderzocht het met een takje, want zijn grootvader had hem ingeprent jonge vogels niet met zijn handen aan te raken, anders zouden de ouders ze verstoten, ze zouden naar mens ruiken, en de meeste andere schepselen op onze aarde hielden niet van die geur. Hij ging helemaal op in zijn bezigheid, zoals hij opging in alles wat hem interesseerde, en toen hij opkeek, was hij alleen en was de groep niet meer te horen. Hij kende het gebied niet, zijn grootvader was met de jagers vooruitgereden, hij was er in een van de wagens van de drijvers achteraan gereden; en toen hij met de anderen kabaal maakte met zijn ratel, had hij op de mannen en jongens om zich heen gelet, niet op de weg. Hij wist niet waar hij was. Hij liep verder door de kloof waar ze doorheen waren getrokken, ten slotte opende het landschap zich, voor hem strekte zich een dicht bos uit.

Eerst meende hij de sporen van de anderen nog te onderscheiden, maar algauw niet meer. Het bos was vol geluiden, vogelkreten die hij niet kon thuisbrengen, alsof hij in een ander werelddeel was beland, de bomen leken hem hoger dan gewoonlijk, en ze kreunden en steunden, alsof er betoverde zielen in huisden. Hij was niet angstig, maar wel alert. Hij riep, maar gaf het al snel op, zijn stem klonk hier te iel. Hij liep verder, kwam bij een slenk waar paardenstaarten omheen groeiden die tot boven zijn hoofd reikten. Hij bleef verstandig, was ongerust, maar niet bang, in ieder geval niet zo bang dat hij ook maar even zijn verstand zou hebben verloren.

Hij ging onder een boom op zijn hurken zitten en dacht na. Zouden de drijvers dit bos in gaan? Alleen als ze vermoedden dat er wolven zaten. Hij wist te weinig over wolven. Als ik een wolf was, dacht hij, zou ik me in het bos verstoppen. Hij moest er dus op bedacht zijn een of meer wolven tegen te komen. Waar hij meer over inzat, was dat niemand hem zou missen, in ieder geval niet tot het vallen van de nacht. Pas dan zou zijn grootvader vragen waar hij was, want ze hadden afgesproken dat hij in de tent van zijn grootvader zou slapen. Wat zou zijn grootvader doen? Hij zou een groep mannen met fakkels en lantaarns eropuit sturen. Fernando had een scherp mes bij zich, een cadeau van zijn grootvader. Daarmee sneed hij stukjes stof van zijn rok, die hij onderweg liet vallen zodat ze hem zouden vinden. Hij liep verder en toen hij zijn rok had opgebruikt, sneed hij zijn broek in stukjes en toen die opgebruikt was, zijn kousen en ondergoed, en als allerlaatste zijn schoenen. Nu was hij naakt en had het koud, hij wilde gaan slapen en zich met bladeren toedekken. Op dat moment stapte hij in een wolfsklem, het ijzer klapte dicht en sloot zich om zijn rechtervoet. De pijn was zo hevig dat hij het bewustzijn verloor. Telkens opnieuw werd hij wakker en telkens opnieuw viel hij flauw van de pijn. Zo werd het nacht.

En toen keek hij in het gezicht van zijn grootvader, en alles was goed. De kleine teen van zijn rechtervoet moest worden afgezet. Verder was alles goed. Zijn grootvader vertelde hem de waarheid. Een groep mannen had naar hem gezocht, maar hem niet gevonden en was naar het kamp teruggekeerd. De mannen waren te moe om nog eens uit te rukken. Daarna wilde hij zelf gaan zoeken. Zodra hij zijn tent verliet, kwam er een raaf aangevlogen, die op zijn schouder landde en hem met zijn krassende stem had ingefluisterd welke weg hij moest nemen. De raaf vertelde hem dat zijn vriend, de beer, de jongen had gevonden, die zat nu naast hem om op hem te passen, want 's nachts gingen de wolven op pad. En inderdaad, toen zijn grootvader hem eindelijk vond, zat er een beer naast hem. Die had hem beleefd gegroet en aangeboden de twee mensen naar het kamp te begeleiden. Fernando had koorts gehad en de beer had hem in zijn poten gehouden, de raaf was voor hen uit gevlogen en had hun de weg gewezen. Zo was het volgens grootvader gegaan. Fernando geloofde zijn grootvader.

Fernando's oom, de monnik, geloofde hem niet. Hij verkondigde overal luidkeels dat de muzelmannen zijn neefje hadden ontvoerd om losgeld te krijgen voor hun schandelijke, door God veroordeelde oorlog. Om te laten zien dat het hun menens was, hadden ze gedaan wat ze altijd deden: iets boosaardigs. Ze hadden zijn teen afgehakt en die toegestuurd als bewijs dat ze de jongen gevangenhielden. En ook het verhaal van zijn oom had Fernando geloofd.

4

Tegen de pijn vechten, ook al was het met het wapen van de afleiding, waartoe ook het gebed moest worden gerekend, was een heldendaad, altijd; maar dorst was geen pijn en mocht niet met de eer gaan strijken. Dorst was verwant aan begeerte, stamde uit dezelfde familie, dorst was haar broer, een beetje knapper weliswaar, maar niet minder tiranniek, ongenaakbaar en koppig. *Begeerte doet de hele dag niets anders dan begeren, maar de rechtvaardige geeft met gulle hand.* Wat kun je dorst anders bieden dan water? Dorst vermomt zich niet, zoals begeerte, die zich schijnheilig op gerechtigheid beroept en op de gelijkheid van alle mensen. En dorst heeft ook niets geleidelijks. Dorst is er gewoon, gruwelijk en droog als de mast van een schip dat in de woestijn is gestrand, en torent hemelhoog uit boven elke andere lichamelijke kwelling, zoals de mast boven de zandkorrels uittorent. Dorst was onvoorstelbaar, er was nog nooit een dorstige geweest die niet had gedacht: zo erg had ik het me niet voorgesteld.

Nu moest Antonius strijden tegen drie verzoekingen: de verleiding om voor een kan water God te verloochenen; de vraag of er überhaupt een God kan zijn; en zo niet, tegen de gedachte dat zijn hele leven tevergeefs was geweest. En hij was bang dat ook Job hem gestolen kon worden. Welke troost viel er te putten uit dat verhaal, waarin wordt verteld dat een man door wanhoop en onheil wordt getroffen omdat God met Satan een weddenschap heeft afgesloten? Daarom, alleen daarom!

Wie zou niet bereid zijn geweest de heilige iets van zijn water af te staan? Nu was het avond en de zon stond schuin, een derde van de piazza lag in de schaduw en de hitte was minder intens geworden; maar Antonius lag in de zon, en sommigen dachten dat het de hele nacht zo zou blijven: God wilde zijn lieveling, tot hij in de hemel werd opgenomen, tonen in het mooie, maar ook wrede, want uitdrogende zonlicht, de hele nacht zelfs, zodat de hele stad, het hele land, de hele wereld in duisternis gedompeld zouden worden en alleen op de heilige een oogverblindend licht gericht zou zijn. Het laatste restje vocht liep uit zijn lichaam, dat sowieso niet veel meer kon bevatten, iedereen zag de plas onder het veldbed verschijnen.

De man had dorst. Hij moest wel dorst hebben. Ook een wonder kent grenzen. Zelfs al hadden die drieduizend mensen helemaal niets meegenomen uit Camposampiero, een leren zak met water droeg iedereen bij zich, en die was al drie of vier keer bijgevuld, sommigen hadden hele kruiken vol op hun rug meegezeuld, de kinderen moesten naast hen lopen, het water ging voor. Iedereen zou bereid zijn geweest de heilige iets van zijn water te geven. Een mens kan niet zonder water, ook een heilig mens niet. Kende iemand een mens die in de gemeenschap der heiligen was opgenomen, enkel en alleen omdat hij de dorst had getrotseerd? Niemand kende zo'n mens. Gemakkelijker voorstelbaar was een mens die zich met stenen voedde, maar zelfs zo'n mens, juist zo'n mens zou water nodig hebben. Wie moest het aan Antonius vragen? Of wie moesten ze het vragen in plaats van hem? En wie moest hem het water brengen? Wie was uitverkoren om de uitverkorene te dienen?

Toen die vragen ten slotte een van zijn broeders bereikten, gaf die ze niet door, maar tastte onder zijn pij, waaronder hij een tweede koord om zijn buik droeg met daaraan allerlei dingen die van buitenaf niet gezien mochten worden, dus ook een waterzak. Deze monnik, die amper zestien jaar oud was en zich na zijn definitieve intrede in het klooster Johannes wilde laten noemen naar de doopnaam van de grote Franciscus, die de orde had opgericht en al zijn bezittingen had weggegeven, waaronder zijn naam – deze melkmuil verliet nu de strenge kring van de drieduizend toeschouwers en liep langzaam en schuchter, maar met luide stappen, omdat hij dacht dat niet hij dit besluit had genomen maar Jezus Christus zelf, die tijdens Zijn kruisweg ook dankbaar was geweest toen volgens de kinderlegende schoenmaker Samuël – *wiens gebed*

God had gehoord – Hem een beker water gaf om Zijn dorst te lessen; hij liep dan ook trots over het plein naar Antonius, die met zijn hoofd diep in zijn nek op zijn bed naar de hemel staarde, alsof hij Psalm 22 uitbeeldde: *Mijn kracht is verdroogd als een potscherf en mijn tong kleeft aan mijn gehemelte, U legt mij neer in het stof van de dood.* In zijn ene hand hield de kleine monnik de zak, waarin maar weinig water zat, zeker niet vers en bovendien nog warm, want onder zijn pij was het warm; zijn andere hand had hij uitgestrekt, zo ver mogelijk bij zijn onreine lichaam vandaan, in de hoop dat een gezonde ademtocht uit de hemel die zou reinigen en zegenen, want die hand wilde hij op het hoofd van de bewonderde man leggen bij wijze van troost, waaraan elk mens in het uur van zijn dood behoefte heeft.

Het gemompel verstomde en de merels waren weer te horen. En toen de jonge broeder daar liep, had hij, volgens zijn latere verslag, ineens letters voor zich gezien, gouden letters die zich langs het blauw van de hemel bewogen, en die hadden samen de naam gevormd die hij zichzelf moest geven als zijn noviciaat ten einde was – niet Johannes, maar *Fernandino*. Dat was de vertaling van de Portugese naam die Antonius had gedragen totdat hij op zijn twintigste in Coimbra voor het kloosterleven koos – en daarna was hij volgens de legende uit Portugal naar Marokko afgereisd om er als martelaar te sterven naar het voorbeeld van de eerste minderbroeders Berardus van Carbio en diens metgezellen Otho, Petrus van San Gimignano, Adjutus en Accursius een paar jaar daarvoor, die de Almohaden, de belijders van de eenheid van Allah zoals ze zich noemden, de blijde boodschap wilden brengen – sultan Miramolim had hun schedel eigenhandig tot onder de adamsappel in tweeën gekliefd en hun de keel laten afsnijden, zodat de twee helften, die naar rechts en links waren geknakt, op de grond vielen. Maar de lichamen waren blijven staan en uit de torsen hadden de stemmen van de martelaren de woorden van de Heilige Petrus gesproken, zoals die ons in Handelingen zijn overgedragen: *Toon berouw over uw verfoeilijke gedrag en smeek de Heer of Hij u uw slechte gedachten wil vergeven.* Dat gebeurde volgens de beschrijvingen drie keer, tot de dode lichamen eindelijk omvielen. Sultan Miramolin had lepra gekregen, zijn handen waren van zijn lichaam gevallen, zijn voeten had hij onder het lopen verloren, zijn oogappels waren 's nachts uit zijn oogkassen gerold, zijn tong had hij ingeslikt en verteerd, en aan het einde van zijn leven had hij er uitgezien als een koraalzwam... – De novice was zo vervuld van de navolging van de navolging van de navolging dat hij de hand op zijn schouder niet voelde en dat pas deed toen die zich balde en tegen zijn schouderblad stootte. Hij draaide zich om, stond oog in oog met zijn prior en hij zag dat die zijn hoofd schudde.

Niet doen, zei de prior, dat wil Antonius niet. Maar, sputterde de kleine monnik tegen, hoort u zijn stem dan niet? Zacht en zwak, maar duidelijk hoorbaar, zelfs op deze afstand. Hij vraagt om water. Hij smeekt om water!

Dat stond buiten kijf. Antonius draaide zijn hoofd en keek het tweetal aan. Zijn lippen zagen er verschrikkelijk uit, korsterig en bruin, en toen hij ze wilde sluiten, bleven ze aan zijn tanden plakken zodat hij net een lachende wolf leek.

Ik heb in mijn hart gevoeld dat Jezus Christus me opdracht heeft gegeven Antonius water te brengen, zei de novice om zijn daad te rechtvaardigen. En hij wilde neerknielen naast het veldbed waarop Antonius lag.

De prior hield hem echter opnieuw tegen, met krachtige hand deze keer. Dit hier was volgens hem een daad van God waarbij de mens niet mocht ingrijpen, ook niet uit vermeende naastenliefde. En ook al riep de stem van Antonius om water, zijn ziel verbood het, en Antonius luisterde naar zijn ziel en niet naar zijn tong. Hier kon de mens zien hoe het lichaam, dat van de duivel was, in het aangezicht van de dood met de ziel worstelde. Wilde hij, een novice, ingrijpen in deze strijd, en die in het voordeel van Satan beslechten? En wat die vermeende opdracht van Jezus betreft: daaraan kon je zien hoe schaamteloos Lucifer te werk ging; zonder enige gêne verscheen hij als man van vrede of als man van barmhartigheid.

De prior nam de kleine monnik de waterzak uit handen en leegde de inhoud op de keien van de piazza. Hij sloeg zijn arm om zijn schouder en leidde hem terug naar de anderen. Als alleen de duivel je daad had gezien, fluisterde hij hem toe voordat de andere broeders het konden horen, dan was er niets aan de hand geweest en zou je je een goed mens mogen noemen, want voor de duivel is elke goede daad een goede daad, daar hoeft niemand lang over na te denken; maar het was God die je gadesloeg en vandaag houdt God deze plek uiterst nauwlettend in de gaten; op dit ogenblik gebeurt er beslist nergens anders zo'n wonder, en voor God zou jouw daad geen goede daad zijn geweest, maar in het beste geval een hinderlijke daad, een hinderlijk zandkorreltje in het raderwerk van de eeuwige wijsheid van de Eeuwige. *Een mens maakt allerlei plannen, wat wordt uitgevoerd, is het plan van de Heer.*

Algauw zwol het gemompel rondom hen weer aan.

5

Vertel, kroniekschrijver! – Vertel ons over zijn leven! Hoe was Antonius' eerste redevoering? Waarom hield hij die?

Antonius woonde in de kluizenaarswoning Montepaolo bij Forlì, hij was toen zevenentwintig. Hij woonde niet ver van een grot waarin de melaatsen huisden, hoorde dag en nacht hun klokjes – *afstand houden, bim-bim-bim* – *afstand houden, bim-bim-bim!* Daar had hij zich teruggetrokken om zich te oefenen in nederigheid. En om zijn hoogmoed af te leren.

Hoogmoed verschuilt zich achter de schijn van vroomheid en eer, maar die sluiers zijn niet dicht genoeg, hij kijkt er steeds doorheen en wil gezien worden, want hoogmoed overtreft alle vleiers, hij fluisterde Antonius dingen in en had dat gedaan sinds hij denken kon. De eerste gedachte in zijn leven, moest hij zichzelf toegeven, was al hoogmoedig geweest. Toen hij net had leren lopen en geleerd had zelf uit een bekertje te drinken, had hij de wereld in gekeken en bij zichzelf gedacht: jou leer ik kennen, laat me nu zien wie het is die jou leidt, met hem wil ik me meten!

Hij was geen knappe jongen geweest, hij was breed gebouwd – zowel in de heupen als in de schouders, hij had een korte nek en korte armen en benen. Maar zijn ogen betoverden altijd. Ze waren zwart en gaaf als de knikkers van de rijke kinderen die van hun ouders kregen wat hun hartje begeerde. Zijn mond was vastberaden en zijn lippen waren volwassen als de lippen van een man die nee kan zeggen zonder aan zijn besluit te twijfelen. Als hij sprak, keken de mensen naar zijn mond; als hij zweeg naar zijn ogen. Hij was bang dat hij een kind van de duivel was – zou die uit het bos of uit de zee komen om zijn zoontje te besnuffelen? Want hij had nog nooit gehoord en later in geen enkel boek gelezen dat de eerste gedachte van een kind de gedachte van een volwassene was geweest, en ook niet dat een kind de hele wereld in ogenschouw had genomen en haar had toegesproken, zoals Dom Afonso Henriques voor de slag bij Ourique, waarin hij de Moren zou verslaan en uit Portugal verdrijven: *Ik zie wat de dood niet ziet, ik hoor wat de dood niet hoort; boven mij heerst een macht waarvan de dood geen weet heeft.*

Hij was alleen thuis geweest toen zijn grootvader stierf. Amper twee dagen eerder had hij zijn vijftiende verjaardag gevierd. Zijn grootvader was rechtop in bed gaan zitten, had met zijn lange vinger naar de waterschaal gewezen, zijn mond geopend zodat je zijn roze tong kon zien, en was opzij gevallen. Antonius kende de woonstee van de dood. Dat verhief hem boven de anderen. Maar was iemand die zelfs uit de dood hoogmoed kon putten in feite geen kind van de duivel?

Hij was hoogmoedig, maar sterk was hij niet.

Hij had gebeden en in de Heilige Schrift gebladerd, en het was alsof de Heilige Geest zijn vingers bestuurde, want ook als hij zijn ogen sloot en een mesje in de snede van het boek stak, wees de mespunt vaak een vers uit het boek Job aan: *ook al klimt zijn hoogmoed op tot de hemel, en raakt zijn hoofd tot aan de wolken. Hij zal, evenals zijn uitwerpselen, voor altijd vergaan; wie hem gezien hebben, zullen zeggen: Waar is hij?* – Of: *Toen stond Job op, hij scheurde zijn kleren, schoor zijn hoofd kaal en wierp zich ter aarde. En hij zei: 'Naakt ben ik uit de schoot van mijn moeder gekomen, naakt zal ik tot de aarde terugkeren. De HEER heeft gegeven, de HEER heeft genomen, de naam van de HEER zij geprezen.'* – Of het mes wees een passage uit de brief van Paulus aan: *Daarom, zoals door één mens de zonde in de wereld is gekomen en door de zonde de dood, en de dood voor ieder mens is gekomen omdat ieder mens heeft gezondigd...* – Of: *Trek de wapenrusting van God aan om stand te kunnen houden tegen de listen van de duivel. Onze strijd is niet gericht tegen mensen maar tegen hemelse vorsten, de heersers en de machthebbers van de duisternis, tegen de kwade geesten in de hemelsferen.*

Tot misnoegen van zijn vader kwam hij het huis niet meer uit. Hij maakte zijn handen vast aan zijn gordel en liep van de ene kamer naar de andere alsof hij een pelgrim op weg naar Rome was. *Wie ontzag heeft voor de HEER, wint aan wijsheid, bescheidenheid gaat aan eerbetoon vooraf.* Hij was tevreden als hij de knechten en dienstmeisjes hem, de gek, achter zijn rug hoorde bespotten. *Je hebt genoeg aan mijn genade, want mijn kracht openbaart zich juist ten volle wanneer iemand zwak is.* Hij gunde zichzelf geen rust en nam niets tot zich behalve een paar slokken water, en toen hij zijn knieën 's avonds zag trillen van uitputting was hij blij. *De vreze des HEREN is tucht... De vreze des HEREN is tucht... De vreze des HEREN is tucht...* Hij sliep op de stenen vloer voor zijn slaapkamer in plaats van onder een damasten deken in zijn zachte, met Siciliaanse zijde overtrokken bed. Hij leerde de brieven van Paulus uit zijn hoofd. Daar had hij maar vijf dagen voor nodig. *In de omgang met elkaar moet ieder van u altijd de minste willen zijn, want God keert zich tegen hoogmoedigen, maar aan nederigen schenkt Hij zijn genade.*

En toch wist hij en had hij op elk moment van zijn oefening geweten dat dit de hoogmoed niet uit zijn hart verdreef, maar die juist groter maakte: wie, behalve ik, kan dit? Hij voelde hoe zijn hart van zijn Schepper week en hij was wanhopig omdat hij een voorbeeld was van het woord van de profeet dat er geen kruid tegen hoogmoed gewassen is.

Ook al zal zijn roem ten hemel stijgen, ook al zal zijn hoofd de wolken raken, als zijn eigen drek zal hij voorgoed vergaan en zij die hem kenden, zullen vragen:

'Waar is hij?' Als een droom vervliegt hij, spoorloos, hij wordt uitgewist, als een nachtelijk visioen. Het oog dat hem zag, ziet hem niet meer; nooit meer zal zijn woonplaats hem aanschouwen.

Hij knielde en meende met God te spreken. 'Wat moet ik doen?' vroeg hij. Maar hij besefte, hij besefte bij elke beweging van zijn lippen dat hij niet met God sprak, maar met zichzelf. Die ijdelheid vervulde hem met zo'n diepe weerzin dat hij de nacht doorbracht in de varkensstal.

Hij trad in het klooster in. Met oogluikende toestemming van zijn vader. Met de zegen van zijn moeder. In weerwil van de bezorgdheid van zijn grootvader, die hem, toen hij nog leefde, er elke dag voor had gewaarschuwd meer achter de dingen te willen zien dan de dingen zelf. Hij had de hand van zijn oom genomen, deze door vasten tot op het bot vermagerde man, lid van de door de Heilige Norbertus in Prémontré gestichte congregatie die zich strikt hield aan de *Ordo monasterii*, de door Augustinus op paasmorgen vanuit de hemel aan de stichter op de Fürstenberg bij Xanten gedicteerde kloosterregel die bestond uit zes geboden: eendracht, wederzijdse vermaning, armoede, matigheid, gehoorzaamheid en regelmatig gebed.

Maar Antonius overwon zijn hoogmoed niet: hij werd nog altijd liever beticht van verkeerde overtuigingen dan dat hem slechte smaak en een gebrek aan intelligentie werden verweten.

6

Als jongvolwassene – eerst in Lissabon, en later in Coimbra, waar hij de witte pij van de augustijner kanunniken aantrok – kwam er overmoed bij zijn hoogmoed en had hij in de eetzaal, als de tafel was afgeruimd en voor de broeders het uur van de wederzijdse vermaningen aanbrak, soms, enkel en alleen om de verbouwereerde gezichten te zien – nee, om zich er vrolijk over te maken! – de onzinnigste stellingen geponeerd, maar dit met een muur van nagelvaste argumenten die zo handig waren geformuleerd dat het verstand ze als de waarheid moest accepteren, terwijl de achterliggende redenering op geen enkel punt weerlegd kon worden. Het verwijt van zijn overste, abbas primas Amarildo, dat hij zijn medebroeders in verwarring bracht en dat verwarring de waarheid verduisterde, weerlegde hij achteloos met een spreuk van de Heilige Augustinus – en in dit gezelschap was het ondenkbaar diens woorden tegen te spreken: *Het verstand schept de waarheid niet, maar vindt die.*

De broeders mochten hem niet – of liever gezegd, ze hadden een hekel aan hem. Ze gingen hem uit de weg.

Als ze hem in de schaduw onder de arcaden tegenkwamen, maakten ze rechtsomkeert of staken ze de binnenplaats over en trokken de kap over hun hoofd.

In zijn groentevakje vond hij een spin zo groot als zijn handpalm, zijn handdoek bij de bron hadden zijn jaloerse broeders door het slijk gehaald. De abbas primas vroeg hem wat een waarheid die zulke reacties uitlokte waard was. Antonius, die destijds nog Fernando heette, antwoordde wederom met een uitspraak van de patroon van de orde: *Laat niemand van ons zeggen dat hij de waarheid al heeft gevonden. Laten we haar eerder zoeken alsof we haar nog niet kennen.*

Tegelijkertijd bewonderden ze hem; en als er iemand naast hem had gestaan die in de ziel van de mensen kon kijken – niet tot op de bodem, want zo ver kan alleen God zien –, zou hij hebben gezegd dat die haat niets anders was dan hopeloze bewondering; in elke gezonde bewondering schuilt immers de hoop minstens één keer, al was het maar een halfuur, in het gezelschap van de bewonderde te verkeren, oog in oog, oor aan oor, en dat idool, dat meer engel dan mens lijkt, als hij niest 'gezondheid' toe te wensen, met hem over kleine dingen zoals een hinderlijke verkoudheid te praten en achteraf tegen zijn vrienden te kunnen zeggen: Nee, net als jij is hij een mens met zomersproeten en een scheve tand en begint hij te kalen. Maar wat nou als je hem niet eens durft aan te kijken? Dan zie je helemaal niets; dan zie je de zomersproeten en de scheve tand niet, en ook de hoge haargrens niet.

De abbas primas wist niet of hij hem ook moest haten of dat hij van hem moest houden, en hij dacht dat dit geen besluit van het hart was, maar van de wil. Deze jongeman creëerde chaos in het leven van zijn broeders en in zijn eigen leven, wat niet bevorderlijk was voor de gemeenschap; tegelijkertijd vond hij dit soort chaos in een tijd van chaos juist wel bevorderlijk, want chaos moest met chaos worden bestreden.

Hij vroeg Fernando om een gesprek onder vier ogen. Het mocht niet in de vertrekken van het klooster plaatsvinden en ook niet in de velden of bossen die bij het klooster hoorden, en het mocht niet ontaarden in geklets, maar moest verlopen volgens de regels die hij, de abbas primas, had bepaald.

Ze liepen langs de Mondego de stad uit, en de abt gebood Fernando te zwijgen tot ze de vissers achter zich hadden gelaten; hij beval hem langzaam te lopen, want hij wist dat de jonge pater altijd haast had. Fernando hoefde zich volgens hem niet te haasten in het leven, gedachten waren sowieso sneller dan de benen, het had dus geen zin ze achterna te hollen, en bovendien waren de snelste gedachten niet de vroomste; Mozes bijvoorbeeld, zo kon je uit de Pentateuch afleiden, was onmiskenbaar een traag denker geweest, zijn broer Aäron daarentegen was vlug van begrip – maar wie van de twee was de grootste?

De abt vermoedde hoe hij Fernando aan banden kon leggen, hij kon zich in hem verplaatsen. Hij wist niet zeker of hij het goede met zijn beschermeling voor had, namelijk hem op het rechte spoor brengen, of het kwade, omdat hij de arrogante jongeman eindelijk vernederd wilde zien, de hautaine monnik eindelijk van zijn voetstuk wilde zien vallen. En als het laatste het geval was? Het goede bediende zich van de methoden van het kwade om het kwaad aan banden te leggen. In Jesaja spreekt de Heer: *Ík heb de verwoester geschapen om te gronde te richten.* Wat en wie te gronde richten? Toch alleen het kwaad, de kwade, de verderver, het verdorvene?

Abt Amarildo was van mening dat God het kwaad had geschapen om het kwaad aan banden te leggen en aan het einde der tijden, na het verstrijken van de eeuwigheid, te vernietigen. Alleen daarom had Hij het kwaad geschapen. In die duidelijke drogredenering lichtte een raadsel op, een mysterie waaraan hij zich al jaren wijdde. Vele honderden bladzijden had hij volgeschreven met zijn gedachten over de vloek en zegen om met het niet-eenduidige te moeten leven – en dat terwijl het schrijven een marteling voor hem was en hem jicht had bezorgd, omdat zijn vingers zich aan de griffel vastklampten als aan de spreekwoordelijke strohalm.

Zijn bespiegelingen bewogen zich tussen twee polen – de vraag: hoe komt het kwaad in de wereld? en het antwoord hierop: God heeft het geschapen. Het brede veld ertussen moest worden bewerkt. Moest! Het geluk en het heil van de mens hingen ervan af hoe stevig het vlechtwerk van de argumenten was! Als werktuig dienden hem naast de Heilige Schrift de boeken van de Heilige Augustinus. Amarildo zag zichzelf als een van de meest ontwikkelde mensen van zijn tijd, zo niet als een van de meest belezen mensen. Onder ontwikkeling verstond hij discipline, gehardheid en afzien van de uitvluchten waar zijn ego om smeekte. Hij had laat leren lezen, hij ging met zijn vinger langs de regels en vond steeds redenen om in het refectorium niet hardop te hoeven voorlezen; hij had meerdere uren nodig om één bladzijde te begrijpen.

Hij was vijftig en had dus dertig jaar voorsprong op Fernando; en toch gedroeg die zich alsof hij hem met de vleugelslag van een aartsengel allang was voorbijgevlogen. Dat deed pijn. Maar tegelijkertijd was het voor hemzelf verheffend. Hij zag de ontmoeting met dit al te intelligente, al te welbespraakte kind – Fernando had de ogen van een kind, en uit de ogen kun je de echte leeftijd van een mens aflezen –, hij zag de zuivere, zwijgende aanwezigheid van die uitzonderlijke mens als een beproeving en genade, weliswaar een zware beproeving en bittere genade, misschien was het een hemelse oproep om zijn jaloezie te bedwingen, die gal van de ziel, die je niet aan jezelf durft toe te geven, nog eerder zou je prat gaan op een misdaad – en per slot van rekening was het ook een gelegenheid om deel te hebben aan het talent van de ander, om zich verder te ontwikkelen.

Dus zette hij voor de zwijgende man die naast hem liep zijn gedachten uiteen. Waarom heeft God het kwaad geschapen? Waarom houdt Hij het altijd in stand? Waarom verrees zijn schaduw zelfs achter de kleine kinderen? Waarom daagt God de mens uit door hem bloot te stellen aan alle denkbare noden en verzoekingen die het niet-goede in hem bovenhalen?

Ze waren nu zo ver bij het klooster vandaan dat er geen pad meer langs het water liep. De abt trapte met zijn sandalen de struiken plat en maakte een plek vrij waar ze konden neerstrijken. Er waren rotsblokken waarop mos groeide; daar gingen ze op zitten. In hun witte pij zagen ze eruit als twee zwanen die zich in het kreupelhout verborgen, wat hun echter niet lukte, want zwanen zijn op de wereld om door de hele wereld gezien te worden.

'Antwoord pas als ik je daarvoor toestemming geef,' zei Amarildo. 'Wil je dat doen?'

Fernando knikte.

'God discussieerde met Satan over Job,' ging hij verder en trots citeerde hij uit zijn hoofd: *"Heb je ook op mijn dienaar Job gelet? Zoals hij is er niemand op aarde: hij is rechtschapen en onberispelijk, hij heeft ontzag voor God en mijdt het kwaad. Ja, hij is nog even onberispelijk als altijd, en jij hebt Mij ertoe aangezet hem zonder reden te gronde te richten."* Waarom deed Hij dat? Het lijkt wel alsof hij wilde dat Job zou zondigen. Waarom liet hij zich door Satan ompraten?'

Fernando wilde antwoorden, maar de abt gaf hem geen toestemming. 'Satan mocht alles van Job afpakken, zijn vee, zijn knechten, zijn zonen en dochters, zijn vrienden. Alleen van Job zelf moest hij afblijven. Maar daar nam Satan geen genoegen mee en hij stookte verder: *"Zijn leven is hem alles waard. Daarvoor geeft hij zijn hele bezit. Maar als U Uw hand naar hem uitstrekt en zijn lichaam aantast, zal hij U ongetwijfeld in Uw gezicht vervloeken!"* En opnieuw laat God Zijn oren hangen naar de duivel, dat verdoemde hondsvot: De Heer zei tegen Satan: *"Luister, doe met hem wat je wilt."*

De abt kende nog drie andere passages uit Job uit zijn hoofd – iedereen vond dat hij het slot bijzonder indrukwekkend voordroeg; verder de Psalm van David waarin die voor zijn zoon Absalom vlucht, het begin van het Johannesevangelie tot *'Jullie zullen de hemel geopend zien, en de engelen van God zien omhooggaan en neerdalen naar de Mensenzoon,'* en de lijdensgeschiedenis in Mattheüs vanaf *Nadat ze Hem zo hadden bespot, trokken ze Hem de mantel uit* tot *'Hij was werkelijk Gods Zoon'*; uiteraard kon hij het beroemde gedicht uit de eerste brief van Paulus aan de Korinthiërs opzeggen en natuurlijk het scheppingsverhaal – dat hem als monnik eindeloos in verwarring had gebracht, omdat vlak achter elkaar God niet alleen met twee verschillende namen optrad, JHWH en Elohim, en die tweede naam, die hij een Jood had laten vertalen, een meervoudsvorm was met de betekenis 'de goden', maar ook omdat hier blijkbaar twee verschillende verhalen werden verteld die elkaar tegenspraken: op de eerste dag schiep God het licht, maar pas op de derde dag de zon – ... *God maakte de twee grote lichten, het grootste om over de dag te heersen, het kleinere om over de nacht te heersen, en ook de sterren*; de ene keer staat er dat de mens op de vijfde dag ter wereld kwam – ... *God schiep de mens als zijn evenbeeld, als evenbeeld van God schiep Hij hem...* – maar toen de Schepping na de zevende dag voltooid was, staat er verderop in het boek: *groeide er op de aarde nog geen enkele struik en was er geen enkel gewas opgeschoten, want de HEER God had het nog niet laten regenen op de aarde, en er waren geen mensen om het land te bewerken; wel was er water dat uit de aarde opwelde en de aardbodem overal bevloeide. Toen maakte de HEER God de mens. Hij vormde hem uit stof, uit aarde, en blies hem levensadem in de neus. Zo werd de mens een levend wezen.* – Inmiddels beschouwde hij dit soort tegenspraken niet meer als tegenspraken, maar als raadsels en mysteries die de mens werden gezonden om zijn hersens aan het werk te zetten, en hem tegelijk duidelijk te maken dat hij ondanks zijn inspanningen nooit alles zou kunnen doorgronden en tot zijn levenseinde arm van geest zou blijven; vandaar dat te grote ambities zondig zijn. – De abt was heel trots op zijn Bijbelkennis en zijn goede geheugen en vooral op zijn levenslange gedachten; hij was nederig, omdat hij tegen zichzelf zei dat dit een geschenk voor een onwaardige was, en hij was trots omdat hij de onwaardige was aan wie dit was geschonken.

'De boze... zo denk ik... wie is dat? ... ik geloof eigenlijk dat het niemand is... Satan is maar een naam, begrijp je, Fernando. Het is de naam voor het niets... dat eigenlijk geen naam kan hebben... Als het een naam had, dan was het niet het niets. Ja toch? Satan is een beeld... meer is hij toch niet. Ik stel het me zo voor: het niets is waar God niet heen kijkt... en waar God niet heen kijkt is het niets. Logischerwijze... is de mens boosaardig als hij zich van God afwendt. Maar daar waar God Zijn oog op laat vallen, bloeit de schepping. God is een hemelstreek, een hemelrichting, de richting naar de hemel, dat wil ik geloven... De mens van wie God Zijn oog afwendt, gaat verloren, hij gaat verloren in het niets. Het is gemakkelijker een bloemblaadje in de oceaan terug te vinden dan een verloren ziel in het niets. Maar wie zoekt een verloren ziel? Wie vindt die? – Dat is mijn conclusie na dertig jaar nadenken: het kwaad is het niets. De boosaardige ziel gaat in het niets verloren. Wat vind je daarvan, broeder Fernando?'

Abt Amarildo glimlachte – ernstig, smekend, leeg. Voordat Fernando kon antwoorden, ging hij snel verder: 'Jij, mijn broeder, ben jij geroepen te letten op de zielen die geneigd zijn tot het kwaad? Ben je geroepen ze te zoeken als ze verloren gaan? Ben jij de man die terugvindt wat verloren is? In dat geval kun je goed van kwaad onderscheiden. Ik kan het vaak niet, broeder Fernando, ik kan het vaak niet...'

Fernando keek hem lang aan, een lome blik vanonder lome donkere oogleden, en zei ten slotte: 'Ik vind de juiste woorden niet. Daarom wil ik ze lenen van onze Augustinus. Die schrijft in zijn Belijdenissen: *Maar dan vroeg ik weer: 'Wie heeft mij dan gemaakt? Mijn God is toch goed, meer nog, Hij is toch het goede zelf? Waarom onderken ik dan in mij dat ik het kwade wil en niet het goede? Om een reden te hebben om mij te straffen? Wie heeft in mij deze tuin van bitterheid aangelegd en beplant, als ik toch door u geschapen ben, mijn allerliefste God? Als de duivel dat gedaan heeft, waar komt die dan vandaan? En als ook hij door zijn wil ten kwade te richten, van een goede engel een duivel geworden is, waar komt dan bij hem die verkeerde wil vandaan waardoor hij een duivel geworden is? Hij was toch echt als engel geschapen en door een schepper die volmaakt goed is?' Dit soort gedachten drukten mij weer naar beneden, ik stikte er bijna onder, maar niet meer zo dat ik terecht kwam in die hel van dwaling waar niemand U op de juiste manier belijdt, omdat men denkt dat U het kwaad moet ondergaan in plaats van dat de mens het doet.'*

Op dat moment besloot ook de abbas primas Fernando te haten, en hij haatte hem des te meer omdat die hem nu ook nog tot de zonde van haat en afgunst had gedreven. En tegelijk bewonderde hij hem alsof hij niet van deze wereld was.

's Nachts in zijn cel stak hij met zijn mes in het boek van de Heilige Augustinus, en het lemmet zocht en vond wat het altijd zoekt en altijd vindt – pijn: *Groot is het vermogen van mijn geheugen, hoe huiveringwek-*

kend is het, mijn God, hoe diep en eindeloos veelvormig. En dat is mijn geest, dat ben ik! Wat ben ik dan toch, mijn God? Wat voor wezen ben ik eigenlijk? Leven, in veel vormen, in veel soorten, werkelijk onmeetbaar. Ontelbaar zijn de velden en grotten en holen van mijn geheugen en zo vol met allerlei soorten ontelbare dingen dat het niet in getallen is te vatten...

Hij kon niets anders denken, van nu af aan kon hij dag en nacht niets anders denken dan: en wat ben *ik*? Wat ben *ik* voor wezen? *Ik*! Een leven, helemaal niet veelvormig, helemaal niet veelsoortig, en moeiteloos te meten, want het is beperkt, klein, licht, onbeduidend, armzalig; het is niet waarschijnlijk dat ik werd meegeteld, het is niet zeker dat mijn gebeden worden verhoord, het is niet te verwachten dat ik bij het jongste gericht wordt herkend, op hoeveel goede werken ik ook kan bogen.

Hij was een mens die zichzelf niet meer kon verachten – en hij had nog zo'n lang leven voor zich!

7

Antonius had een buitengewoon goed geheugen, en het was nog buitengewoner dan in de fantasie van de abbas primas; hij zou de *Belijdenissen* van Augustinus, net als de brieven van Paulus, van begin tot eind uit zijn hoofd hebben kunnen opzeggen, en ook de bespiegelingen van de heilige over de taal en de onsterfelijkheid van de ziel. Daarnaast las hij Aristoteles en leerde hij grote delen van diens ethiek uit zijn hoofd en hij deed dit zonder slecht geweten – en zonder zijn abt om toestemming te vragen. Had hij die wel gevraagd en een afwijzend antwoord gekregen, waaraan na hun wandeling niet te twijfelen viel, dan had hij voor een dilemma gestaan: ofwel had hij gehoorzaamd en de Griekse filosoof niet bestudeerd, ofwel had hij met de hulp van de grote heiden Gods schepping en wil weliswaar beter begrepen, maar daarvoor wel de kloosterregel moeten overtreden. Gehoorzamen was een gebod van de kloosterregel, om toestemming vragen niet – dus vroeg hij niet om toestemming.

Hij bad, vastte, zweeg en vernederde zich voor zijn broeders, op het irritante af. En hij nam het op zich irritant te zijn, hij schiep er zelfs behagen in, hij gebruikte goedheid als list, enerzijds om zijn broeders te tiranniseren, anderzijds om ze op afstand te houden. En hij was bedroefd en had vrijwel geen hoop dat hij ooit in zijn dagelijkse bezigheden aan de eisen van de kloosterregel en zijn eigen geweten zou voldoen. Wat voor bescheidenheid werd aangezien, was vaak een samenspel van ijdelheid, traagheid, desinteresse in de ander en angst om jaloezie op te wekken.

Maar 's nachts las hij. Aristoteles gaf praktische aanwijzingen: kies de middenweg! Matigheid ligt tussen wellustige hartstocht en stompzinnige passiviteit in, generositeit tussen verspilling en gierigheid, moed tussen roekeloosheid en lafheid. Hoogmoed noch zelfverachting leidt tot een goed leven. Als de mens zichzelf veracht, veracht hij God, die hem naar Zijn evenbeeld heeft geschapen; als hij hoogmoedig is, vernauwt zijn blik en reduceert die alles wat niet onder het juk van het ijdele ik staat, tot bijzaken. Alleen de deugd, preekte Aristoteles, kan het werktuig zijn om in het goede leven het geluk te verwezenlijken. En het geluk behoort iemand nooit alleen toe. Als je gelukkig bent, vermeerder je het geluk op aarde.

Ook las hij Avicenna, de Perzische geleerde, en Averroës, de Arabier die door God was uitverkoren om het christelijke Avondland Aristoteles terug te brengen, waarover de christelijke geleerden hun hoofd schudden en verontwaardigd waren, want Ibn Roesjd, zoals hij eigenlijk heette, was net als Avicenna een islamiet. Niemand had kunnen bedenken waarom God uitgerekend twee vertegenwoordigers van de religie van Satan op deze manier zo had bevoorrecht, behalve dat het schriftgeleerden waren, wat op dubbel onbegrip stuitte, want schriftgeleerden hadden in het Evangelie de slechtste reputatie. De abt zou zijn beschermeling nooit toestemming hebben gegeven Avicenna en Averroës te lezen, zelfs al waren ze als vrienden van hun wandeling teruggekomen. Op een van zijn reizen naar Spanje had Antonius in de bibliotheken van Córdoba de geschriften van de twee geleerden gevonden en zich er wekenlang in verdiept. Hij meende nooit woorden van grotere wijsheid te hebben gelezen; maar ook geen woorden van grotere smart. Maar was hij door ze te lezen nu wijzer geworden?

Het was niet zo dat de overpeinzingen van zijn abt hem onberoerd hadden gelaten. Integendeel. Beschaamd had hij zichzelf moeten toegeven dat hij het verhaal van Job tot dan toe had gelezen zoals een kind een verhaal zou volgen: zonder na te denken. De vragen van de abt hadden een wond in het hart van Antonius geslagen die tot zijn dood niet meer wilde genezen. Hij las het boek Job nog een keer en kreeg toen het gevoel het voor het eerst te lezen. Zijn gezicht werd koud en hij ademde oppervlakkig: hoe had hij heen kunnen lezen over wat hier stond, duidelijk en zonder enige poging om het te verhullen.

Jobs geluk was tenietgedaan vanwege een weddenschap tussen God en de duivel! Vanwege een weddenschap! Omdat Satan Gods ijdelheid had gekwetst toen hij betwijfelde of Job zijn Heer in het diepst van zijn hart trouw was en niet alleen omdat zijn Heer hem alles in de schoot had geworpen wat er te krijgen viel, vee, land, knechten en dienstmeisjes, kamelen, zonen en dochters, vrienden. Was het hele verhaal niet schandalig en ergerlijk? Hij zou er graag met de broeders over hebben gesproken. Maar als hij tijdens het colloquium zijn hand opstak, omdat hij het woord wilde nemen, wendden ze zich van hem af, verlieten het refectorium en werden daarvoor niet gestraft zoals de regel eigenlijk voorschreef.

Hij kon de geschriften van Augustinus uit zijn hoofd opzeggen, die dezelfde vragen stelde, maar hij had de zinnen van de heilige alleen nagebauwd, woordelijk weliswaar, wat niemand hem nadeed – alleen had hij geen van diens gedachten werkelijk begrepen. Het gestamel van de abt had hem doen inzien dat woorden meer waren, meer konden zijn, meer *moesten* zijn, meer behoorden te zijn dan fraaie ringetjes, smaakvolle kettinkjes en verfijnde parfums, die glansden en pronkten en geurden en getuigden van uiterlijke rijkdom, maar misschien alleen om innerlijke armoede te verhullen. Niet de zeer belezen Avicenna, niet de zeer ontwikkelde Averroës, ook niet de grote antieke denker Aristoteles of de barmhartige meester-dialecticus Scottus Eriugena hadden hem flink op zijn nummer gezet, maar de bescheiden abt van zijn klooster, die hij tot niet meer in staat had geacht dan zijn pij schoon te houden.

In die tijd had Antonius een beetje nederigheid geleerd
– maar zonder zijn hoogmoed af te leggen. Hij wist dat
hij de abt, zijn broeder, had gekwetst, maar kon het
niet opbrengen hem om vergiffenis te vragen. Meermaals had hij voor zijn celdeur gestaan met zijn wijsvinger al gekromd, maar toch niet aangeklopt.

Hij kon hier niet blijven. Hij voelde zich zeer thuis
bij de augustijner kanunniken; maar dat kwam doordat hij werd gevreesd en benijd, niet doordat ze van
hem hielden. En in zijn hart lichtte de waarschuwing
van zijn grootvader op: om het geluk te dragen zijn er
grotere deugden nodig dan om het ongeluk te dragen.

8

Hij trad toe tot de franciscanen. Hij vastte en bad tien uur per dag, geselde zichzelf, gooide scherpe kiezels in zijn gezicht en at distels, die zijn keelholte zo verwondden dat hij slechts met moeite kon spreken, en hij las en schreef geen letter meer. Hij ontmoette Franciscus en de Poverello uit Assisi gaf hem het antwoord. Ook hij citeerde de Heilige Augustinus: *De mens moet niet worden beoordeeld naar wat hij weet, maar naar wat hij liefheeft.* – Hij meende nu eindelijk niet meer op de vlucht te zijn voor taken die het meeste en het beste van hem eisten.

Antonius vroeg of hij zich in de kluizenaarswoning in Montepaolo mocht terugtrekken 'om zich te oefenen in nederigheid en om de liefde te leren kennen'. Dat waren zijn woorden geweest, en zijn hart had pijn gedaan, want hij dacht te weten wat liefde was – maar Franciscus had er beslist iets anders onder verstaan; een ander soort liefde...

Hij vroeg om het nederigste werk. Hij veegde vloeren, bracht het afval naar buiten, maakte de latrines schoon, waste de voeten van de broeders, schaafde het eelt van hun hielen en knipte hun tonsuur bij. Als hij antwoordde, deed hij dat zacht en met gebogen hoofd en in eenvoudige korte zinnen. Hij sprak nooit iemand tegen.

Er was er één, een grapjas, die hem graag voor de gek hield: 'Hé, Antonius ga boven eens in je cel kijken of je daar wel bent en ook echt zit te bidden en niet doet alsof!'

Dan stond hij op, ging naar zijn cel, kwam terug en meldde dat hij zichzelf er niet had aangetroffen, en hij boog zijn hoofd als de grapjas hem uitlachte. Hij was opgevoed met het idee dommeriken te beklagen of te vrezen, nu had hij geleerd hen niet tegen te spreken. Weldra lachte de grapjas hem niet meer uit; integendeel, hij verbood iedereen dat te doen.

De broeders vonden hem griezelig; ze wisten dat hij uit een welgestelde Lusitaanse familie kwam waarin men gewend was te bevelen; ze wisten dat hij niet alleen een broeder was zoals zij, maar ook een priester, en dat hij aan de beroemde universiteiten van Coimbra, Toulouse, Montpellier en Bologna had gestudeerd en zelfs gedoceerd.

Met Pinksteren werden in de kerk San Merculiale in Forlì twaalf kandidaten tot priester gewijd. De bisschop besloot dat de franciscanen iemand uit hun midden moesten kiezen om de preek te houden. Iedereen had graag broeder Graziano, de overste, op de kansel gezien, maar dat wilde de bisschop niet, en broeder

Graziano zelf ook niet. 'Broeders, denk niet dat ik omdat ik kan luisteren ook kan spreken,' zei hij. 'Al mag ik me niet met Mozes vergelijken, ik doe het toch. Hij was een stamelaar, net als ik, maar had Aäron aan zijn zijde. Wij moeten een Aäron vinden.'

Eerst onderhandelde de bisschop met de dominicanen; die toonden interesse, maar trokken zich op het laatste moment terug – hun provinciaal zei open en bloot dat het een affront was als tweede na de kapucijnen gevraagd te worden; bovendien hoorde een dominicaan niet thuis op een kansel waar ook een minderbroeder mocht preken. De broeders franciscanen waren verontwaardigd over de arrogantie van de orde der predikheren. Maar pater Graziano en bisschop Riccardello Belmont lachten in hun vuistje. Ze hadden die kleine komedie samen op touw gezet. Want ze hadden een plan.

Een jaar na de dood van Antonius vertelde Matteo Graziano aan kroniekschrijver Thomas van Celano, die het *Vita prima S. Francisci* had geschreven en nu aan het *Vita prima di S. Antonio* bezig was, dat hij en de bisschop in dezelfde nacht dezelfde droom hadden gehad, namelijk dat de Heilige Hiëronymus aan hen was verschenen en hun had opgedragen broeder Antonius de preek bij de priesterwijding te laten houden. In precies dezelfde bewoordingen had de heilige de overste en de bisschop verteld dat hij zelf aan hoogmoed had geleden, een gezwel dat in het hoofd van de mens groeit als de vrucht van te veel kennis; toen waren de engelen gekomen om het eruit te ranselen en dat had hem goed gedaan.

De bisschop en de overste waren op de hoogte van het verleden van de 'Portugees', zoals Antonius in het klooster werd genoemd, spionnen hadden hun tot in detail verteld wat de augustijnen in Lissabon en Coimbra van hem vonden; maar ze wisten ook dat hij een lange, zware strijd tegen hoogmoed en overmoed achter de rug had; ze erkenden dat Antonius zich in de kluizenaarswoning had teruggetrokken om tot inkeer te komen en nederigheid en liefde te leren.

De bisschop gebood hem de preek op pinksterzondag te houden, en Antonius gehoorzaamde. Hij had één nacht de tijd om zich voor te bereiden.

Vertel ons nu eindelijk, kroniekschrijver! Hoe was zijn eerste preek?

Het begin bestond uit gestamel, indrukwekkender dan zijn overste zou hebben voortgebracht, en niet minder vurig dan jaren geleden zijn augustijner abt op die middag beneden aan de oever van de Mondego. Hij zag de woorden voor zich, en hij zag zichzelf op een hoogte aan de rand van een nevelig veld staan, de woorden nakijkend die als wilde ganzen in de lucht oplosten; en omdat juist de woorden die hij zo zorgvuldig had voorbereid, die zijn rede met hun vleugels vaart hadden moeten geven, als eerste oplosten, viel hij stil en wendde zich tot de gelovigen, die hun hals tot aan de kansel uitrekten, en na een lange stilte zei hij: 'Mijn woorden vallen weg en ik heb het gevoel dat ook ik zo dadelijk in zwijm val. Je ervaart Gods nabijheid en wilt Hem snel een gebed toeroepen dat alleen jouw gebed is, maar je vindt de woorden niet... kennen jullie die pijn in je borst? Jullie kennen die. En zo vergaat het mij nu. Het heilige is onder ons en het staat op het punt zich aan de zegenende handen van onze bisschop toe te vertrouwen... Ik zou mijn rede graag op dit punt besluiten en u verzekeren dat een oprechte preek in zwijgen en de ogen sluiten bestaat, maar mijn geweten zegt iets anders. Het zegt: Dat zou laf zijn. Het zegt: Geef toe! Geef toe dat jij de minst begaafde bent. Dat je bent *uitgekozen*, omdat je niet *uitverkozen* bent. Omdat je moet dienen als voorbeeld van de kleinheid van de mens. Want pas als de mens zich bewust is van zijn kleinheid en bereid is die te aanvaarden, neemt hij zijn plaats in de schepping in...'

Hij voelde al de verleiding om te roepen: Ik, ik ben de kleinste, de geringste onder jullie! Maar dat had als hovaardij opgevat kunnen worden, omdat ook de Heilige Paulus deze eretitel voor zich had opgeëist toen hij afstand nam van Saulus en de naam Paulus koos, wat 'de kleine' betekent... Deze gedachte kwam echter niet alleen; onder het haren kleed van de bescheidenheid verborg zich een boodschapper van een grotere, een werkelijk hoogmoedige gedachte: Petrus was de rots waarop Jezus zijn kerk had gebouwd; Paulus was de bouwmeester – is Franciscus niet de nieuwe Petrus, de nieuwe rots waarop de nieuwe kerk gebouwd moet worden? Maar dan ben jij, Antonius, de nieuwe Paulus, de bouwmeester van de nieuwe kerk. En die nieuwe kerk zal op jouw woorden worden gebouwd, zoals de oude kerk op de woorden van de apostel Paulus was gebouwd.

Toen had hij het gevoel dat hij zichzelf weer zag staan, deze keer niet aan de rand van een veld, maar op de kansel, waarop hij ook werkelijk stond, op de kansel van de San Merculiale met de muurbogen van grote bakstenen en het ovale raam boven het altaar als een oog zonder oogappel. Hij preekte voor zichzelf en voor niemand anders, hoorde zichzelf en niemand anders – was verrukt van zichzelf en van niemand anders. Zijn woorden volgden geen retorische school, ze lieten zich niet intomen door de drie-eenheid van ethos, logos en pathos. Hij zag de vrouwen met de witte kapjes niet ineengedoken in de kerkbanken onder zich zitten, hij rook de wijn- en stalgeur van de mannen niet. Hij werd overmand door medelijden en liefde; als een moeder sprak hij, als tot een kind sprak hij; als een vader sprak hij, als tot een volwassen zoon sprak hij. Maar zijn medelijden en liefde golden niemand anders dan zichzelf. Medelijden, omdat hij nu wist dat hij zich nooit, nooit, nooit van zijn hoogmoed en diens kokette zuster ijdelheid zou kunnen bevrijden; liefde, omdat hij zoveel als daarvan in zijn hart paste, wilde redden tot in de eeuwige hel beneden. Hij sprak tot zichzelf alsof hij alleen op de wereld was overgebleven. De

Heer had hem een talent gegeven, hij zou het vermeerderen, maar niet aan de Heer teruggeven; hij zou feestvieren en het goede aan goedgelovige dwazen en hielenlikkers uitdelen. Dat was een zware zonde, wist hij. *Van al onze ledematen is het de tong die een wereld van onrecht in zich bergt: hij besmet het hele lichaam, hij steekt het rad van het leven in brand, met vuur uit de Gehenna.*

Toen hij klaar was, was het muisstil in de kerk; zelfs de geiten stonden versteend als standbeelden. De vliegen waren geland, de kaken van de boeren kauwden niet meer, de vingers van de vrouwen frunnikten niet aan hun ruches. De pleister van het plafond viel niet naar beneden; de balken kraakten niet, de bisschop en de overste hielden hun adem in. Nog nooit eerder hadden ze iemand zo horen spreken.

Maar vanwaar stamt de wijsheid dan? En het inzicht – waar is het te vinden? De wijsheid is verborgen voor de blik der levenden, ook aan de vogels in de lucht laat ze zich niet zien. De afgrond en de dood, ze zeggen beide: 'Onze oren kennen haar slechts bij geruchte.'

Zo was het dus geweest: de talloze eigenschappen van de mensen dansen op Gods melodie, en dat schouwspel heet leven, en zodra de mens even ophield, viel hij dood neer.

De gedachte aan de dood verlichtte de pijn in zijn buik; de pijn in zijn buik bracht op zijn beurt de dorst tot zwijgen.

De herinnering aan zijn eerste triomf, de mooiste, was een dans van verering. Die dans was een eerbetoon aan de man die in de San Mercuriale vanaf de kansel had gesproken, en hij mocht het doen zonder zichzelf van ijdelheid te betichten, want niet hij had gesproken, maar een ander die zijn tong en stembanden had geleend en zich ervan had bediend. Alle preken na die eerste waren imitaties geweest. Hij had geprobeerd degene die hij geweest was te evenaren, zonder in die tijd te weten wie hij dat uur op de kansel was geweest. Hij herinnerde zich ook niet meer wat hij had gezegd; hij herinnerde zich alleen dat hij geen van zijn ingestudeerde zinswendingen had gebruikt. Hij was buiten zichzelf geweest en had zijn huis aan een ander afgestaan.

Nu lag hij op de piazza voor het klooster in Arcella en zocht in de hemel boven zijn hoofd naar een teken.

De dorst diende zich weer aan, gevolgd door pijn, ten slotte door angst voor de dood en zijn ontzetting voor het sterven. Hij greep met zijn hand naast het veldbed, beroerde met zijn vingers de zanderige marmeren plaat. Onmiddellijk steeg er een gemompel onder de drieduizend toeschouwers op, want alle ogen waren op hem gericht. Hij stak zijn hand uit naar de hemel – daarop hoorde hij de vrouwen juichen en de mannen zuchtten luid alsof ze bij het dobbelen hadden gewonnen. Hij spreidde de vingers van zijn hand, balde zijn hand tot een vuist, opende zijn vingers weer en dirigeerde de verbazing en het gejubel van de menigte.

Ten slotte tekende hij met zijn vinger een kruis in de lucht, en toen begonnen de mensen te zingen, eerst degenen aan het hoofdeinde van de baar, daarna trok de melodie om het plein heen tot ze weer bij het hoofdeinde aankwam.

Zijn hand viel neer en hij verloor het bewustzijn. Zijn tong kleefde aan zijn gehemelte, hij moest zijn adem erlangs persen, zijn longen in en dan weer uit.

Zoals een dier sterft, zo sterft ook een mens; ze delen in dezelfde adem. Dat is hun beider lot. Een mens is niet beter af dan een dier, want alles is leegte.

En nu was er overal schaduw: op de façades van de huizen, in de gezichten van de mensen, zelfs helemaal tot boven aan de puntgevels, waarop de kraaien en raven nu zaten. En de drieduizend zielen zagen dat God toch niet van plan was zijn heilige 's nachts te verlichten.

9

Op de morgen van die dag, de laatste van zijn leven, had Antonius nog een keer tot de mensen gesproken. Zijn preek was al maanden geleden aangekondigd. De kooplieden en handelaren hadden het nieuws verspreid, en vanaf alle kansels werden de dag en het uur met nadruk genoemd.

Het was nieuws, in feite een afkondiging: 'Antonius zal spreken! Hij houdt een lange preek! Voor het eerst sinds een jaar! Hij zal worden begroet door pater Giovanni Piano Carpini, die aantoonbaar honderden Mongolen heeft bekeerd. Een jaar lang heeft Antonius gezwegen! Hij heeft zich in zijn kluizenaarswoning teruggetrokken om tot grote gedachten te komen! Die zal hij met ons delen! Antonius zal spreken! Hij houdt een lange preek!'

Het nieuws verspreidde zich over het hele land. Veel mensen vroegen of een dode weer tot leven was overgekomen; en velen antwoordden: Ja, dat is zo, dat moet wel zo zijn. Velen geloofden immers dat Antonius al was gestorven. Elke man, elke vrouw, elk kind wist dat hij ziek was.

En de mensen wisten nog veel meer, namelijk over zijn wonderen: hij had in Rimini gepreekt voor de vissen, en de vissen hadden zijn preek woord voor woord nagezegd, en weken later had een visser een karper gevangen van wiens naar lucht happende lippen ze de vermaningen van de heilige woordelijk konden aflezen; met zulke methodes was de boodschap van het Evangelie nog nooit verbreid.

Verder herinnerde iedereen in Padua zich de jongeman die zijn eigen moeder had geschopt en die, toen Antonius hem gebood zelf een straf voor die misdaad te bedenken, zijn rechterbeen had afgehakt. De heilige had echter voor honderd betrouwbare getuigen de stomp opgeraapt, die al grijs zag, er een kruisje voor geslagen, de wonden op elkaar gedrukt en tegen de zondaar gezegd: Ga heen en vraag je mama om vergeving! En voorwaar, het been was in een mum van tijd weer aangegroeid, alleen een litteken eromheen bleef over als getuigenis, en de jongeman had gedaan wat hem was opgedragen.

Daarnaast had de paus hem persoonlijk uitgenodigd om bij het grote Lateraanse Concilie het woord te voeren en dat had hij trouw gedaan, vier uur lang had hij gesproken, en dat in de Aartsbasiliek van de Heilige Johannes, waar onder de kansel, dus onder hem, de keizer van het Rooms-Duitse Rijk had gezeten naast de keizer van Constantinopel, en achter hen de koningen van Aragon, Frankrijk, Hongarije, Engeland, Cyprus en de koning van Jeruzalem, evenals patriarchen en metropolieten uit de vier windstreken en bisschoppen, kardinalen, abten en priors, in totaal duizend man, die in vijftig verschillende talen hadden gesproken. En hij, Antonius, had hij zich er gemakkelijk van afgemaakt door Latijn te spreken? Nee, beslist niet. Droom je in het Latijn? Bemin je in het Latijn? Huil je in het Latijn? Hij had de taal van eenieder gesproken. Eenieder had hem in zijn moedertaal horen preken. En dat nota bene op hetzelfde moment! Zoals hij altijd en overal in de moedertaal van zijn toehoorders had gepreekt, en was er onder hen ook maar één geweest wiens taal die van het donkerste Afrika was geweest, dan had de mond van de heilige ook deze onbekende klanken gevormd. Want als je het hart van de mens wilt bereiken, en niet alleen het hoofd, moet je met hem spreken in de taal waarin zijn geweten tot hem spreekt. Dat had de heilige gezegd, dat hadden de mensen gehoord, de een van de ander, en de ander van een derde, en die weer van een vierde.

Het nieuws van deze wonderen en nog een dozijn andere had zich via velden, dorpen, markten, herbergen, posthaltes, kloosters en stadsbesturen verspreid, en precies zo verspreidde zich het nieuws dat de heilige op wonderbare wijze van zijn ziekte was hersteld en na een jaar in zijn kluizenaarswoning eindelijk weer in Camposampiero zou preken.

Op het plein voor de bakkerij werd een podium gebouwd, met erboven een zeil, het was juni en de zon straalde met volle kracht, dat was ook de reden dat Antonius al 's ochtends met zijn preek wilde beginnen, want vanaf twaalf uur was het enkel in de schaduw uit te houden, het beste in huis achter gesloten luiken.

Maar vóór hem voerde pater Giovanni Piano Carpini, de Mongolenpater, het woord. De meeste mensen hadden nog nooit in hun leven zo'n grote man gezien. Het grootste lichaam ging aan de grootste geest vooraf, bijna als inleiding, als voorwoord zogezegd. Pater Carpini had zich daardoor geenszins achtergesteld gevoeld. Integendeel, in zijn eerste zin zei hij zelfs dat hij het een eer vond. Twee meter was de man en hij leek nog groter doordat zijn pij amper tot onder de knie reikte, terwijl die normaal gesproken om de blote voeten van de minderbroeders wapperde en achter hen het stof van de straat moest wissen. De mouwen vielen net over zijn ellebogen, zodat zijn sterke, gebruinde onderarmen te zien waren, die leken op stelen voor de machtige vuisten, waaruit de bekeringsmethode af te leiden was die pater Carpini met zó veel succes hanteerde dat de paus hem naar Rome had geroepen om zich door hem te laten adviseren over politieke kwesties.

Pater Giovanni Piano Carpini berichtte over enkele andere wonderen van Antonius, maar hield een slag om de arm, want een wonder was pas een wonder als de curie het als zodanig erkende, en dat kon volgens de regels pas na het overlijden van de kandidaat. Elke uitverkorene het zijne, volledig in de geest van de Heilige Paulus, de grote organisator: *Aan de een wordt door de*

Geest het verkondigen van wijsheid geschonken, aan de ander door diezelfde Geest het overdragen van kennis; de een ontvangt van de Geest een groot geloof, de ander de gave om te genezen; en weer anderen de kracht om wonderen te verrichten, om te profeteren, om te beoordelen of een profetie van de Geest afkomstig is, om in klanktaal te spreken of om klanktaal uit te leggen.

Daarna klom Carpini van het podium af, verdween even in de ingang van de bakkerij, kwam terug met Antonius aan zijn arm en hielp hem de ladder op naar het spreekgestoelte.

En in zijn laatste preek – vertelde Anselmo, de schoenmaker van Camposampiero, na de dood van de heilige – had Antonius tot verbazing van de drieduizend mensen die gekomen waren, over het volgende thema gesproken: het niets. Ja, het niets! Stel je voor: het niets!

Met pijn, en het was niet aan hem om te beoordelen of die pijn lichamelijk of geestelijk was, had hij aan het begin van zijn rede, bijna als opschrift, uitgeroepen: 'Het niets, ik weet het, beste mensen, geloof me, ik weet het, is niet kleiner, niet zwakker dan alles wat jullie om je heen zien!'

En hij had opgesomd wat hij om zich heen zag: het plaveisel op de piazza van zijn geliefde stadje Camposampiero – hij kon echter maar weinig stenen zien, omdat er zo veel mensen waren gekomen, die zo dicht bij elkaar stonden dat de een kon denken dat de ander in zijn oren keek, ze waren van het omliggende platteland gekomen, maar ook uit de steden Padua, Vicenza, Artignano, Castelfranco Veneto, zelfs uit Venetië, en ze waren gekomen hoewel het donderdag was en ze eigenlijk aan het werk hadden moeten zijn. Verder somde hij het volgende op onder de dingen die hij zag: de gordijnen in het raam van het huis van bouwmeester Giuseppe d'Este tegenover het spreekgestoelte, die nu in de wind fladderden, omdat de beminnelijke Giuseppe de ramen had laten openen om de preek te horen, hij was aan zijn bed gekluisterd en kon zich niet laten zien; verder somde hij op: de hoed van Gianfrancesco Lazzarini, de blouse van zijn vrouw Bianca, de snor van hun zoon Pedro en het gebloemde kapje van diens vrouw Gabriella, met z'n vieren stonden ze dicht bij elkaar voor hem in de menigte; verder: de blauwe lucht, de wind, die de geur van de aarde naar het stadje bracht, de zon, die te schuchter was om zich open en bloot te laten bekijken – wat ze trouwens gemeen had met de dood, ook die kon je niet met vaste blik gadeslaan; en dan: de fraaie gewelfde wenkbrauwen van Isabella Gonzagna, die zich niet geneerde, en dat ook niet hoefde te doen, om te midden van de mensen haar kind te voeden, Pepe, die een mooie toekomst wachtte, het was goed dat ze met haar kind was gekomen, ook de kinderen moesten horen wat de hemel hem, de prediker, had opgedragen te zeggen.

'Dit alles,' riep hij, en zijn stem schalde over de piazza en vulde het plein, de stem die zelfs Mongolenduivel Dzjengis Khans blik naar binnen zou richten, waar hij echter alleen een stinkend moeras zou aantreffen, aldus het commentaar van schoenmaker Anselmo, 'dit alles wat jullie om je heen zien, wat jullie horen, wat jullie kunnen pakken en ruiken, plus alles wat jullie kunnen denken, wat jullie je kunnen herinneren, wat jullie hopen van de dag van morgen en het komende jaar, en daarbij nog jullie gevoelens, van de gulzige onschuld van de zuigeling die aan de moederborst drinkt zoals kleine Pepe aan de borst van Isabella, die toen ik haar de laatste keer zag, zelf nog een kind was, tot aan de hartgrondigste haat, van medelijden voor de armen tot jaloezie en afgunst, waarvan de kleuren geel en groen zijn, van verdriet tot extase – dit alles, plus alles wat de mensheid ooit heeft geweten, en ook wat de dieren ooit hebben geweten, en wat de stenen weten, waarvan de gedachten verder van ons af staan dan Gods gedachten – dit alles bij elkaar, zeg ik, met honderdduizend vermenigvuldigd, is niet groter en niet sterker dan het niets.'

Op dat punt aangekomen, had de prediker voor het eerst gewankeld, aldus Anselmo. Hij had gewankeld, maar toch verder gesproken.

10

'Ik had een droom. Het is mijn plicht jullie erover te vertellen. Want het kon niet anders dan dat God me deze droom had gestuurd. Maar ik wil jullie zeggen dat het een vreselijke droom was.

Ik bevond me namelijk tussen de godenzonen en werd door hen naar voren geduwd. Ze liepen in dichte drommen naast me, achter me en voor me, zodat ik niet kon losbreken. Als een soort gijzelaar liep ik in hun midden...

Wat lees ik in jullie gezichten? Dat het een geluk en eer voor een mens moet zijn te midden van Gods zonen te lopen? Wat kan er aan die droom zo verschrikkelijk zijn? Hebben jullie je bijbel dan niet grondig gelezen? Hebben jullie over die paar regels, niet ver van het begin van Genesis, heen gelezen? Daar staat: *De godenzonen zagen hoe mooi de dochters van de mensen waren, en ze kozen uit hen de vrouwen die ze maar wilden.* Hebben jullie dat niet gelezen?

Nou ja, jullie moeten overdag werken en 's avonds zijn jullie moe, ik weet het. Jullie kunnen je niet wijden aan het bestuderen van de Heilige Schrift, zoals jullie prediker het voorrecht heeft te doen.

Luister dan maar: in het begin der tijden werd God beledigd. Door Zijn eigen zonen. Die zijn naar de aarde afgedaald en hebben de vrouwen geweld aangedaan, waarna de mannen hen hebben gedood. Zo is het gegaan. Het was zo verschrikkelijk dat er niet veel woorden aan vuil gemaakt moeten worden. Daarom worden er in de Bijbel ook maar een paar woorden aan gewijd.

Fabrizio, fijn je te zien!

Waarom grijns je?

Wat valt er te grijnzen bij dit verhaal?

Ik wil je iets zeggen en de rest, als jullie niet willen luisteren, luister niet, maar als jullie willen luisteren, luister dan goed: als je zoon, mijn beste vriend Fabrizio, jij die nu staat te grijnzen omdat je denkt dat de prediker nu echt in een tegenspraak verstrikt is geraakt en misschien zelfs de Heilige Schrift niet fatsoenlijk heeft bestudeerd, als je zoon – hij heet Marco en is een paar dagen geleden negen geworden, klopt dat? – als je zoon op een dag tegen je in opstand komt – dat zal hij hopelijk niet doen, nee, dat zal hij niet doen als ik hem zo zie – maar stel dat, stel dat hij tegen je in opstand komt en je naar het leven staat; stel dat hij alles van je wil afpakken, je het huis uit wil zetten en je wil verbieden op minder dan honderd stappen van het huis te komen, het huis dat je met je eigen handen hebt gebouwd, óók hebt gebouwd om een goed leven te hebben; en stel je verder voor dat het je lukt hem te verslaan, zodat hij moet vertrekken, hij, niet jij – wat zou je als laatste tegen hem zeggen?

Mag ik voor jou antwoorden, Fabrizio? Je zou zeggen: Verdwijn voor altijd uit mijn ogen! Je vervloekt hem en roept hem na dat hij je zoon niet meer is. Maar in je hart? Wat voor weer zou het zijn in je hart? Somber weer, regen, mist en kou, er zouden wolken voor de zon schuiven. Je zou verdrietig zijn, omdat je nog altijd van je zoon houdt. Heb ik gelijk, Fabrizio? Je zou de mensen met wie je omgaat, verbieden de naam van je zoon uit te spreken; maar 's nachts in bed zou je zijn naam in je kussen zeggen en zouden je tranen vloeien.

Nu grijns je niet meer, Fabrizio.

Nu zijn je mondhoeken naar beneden gezakt alsof er kleine duiveltjes aan zijn gaan hangen.

Maar luister, Fabrizio, iets soortgelijks is God overkomen.

Zijn zonen zijn tegen Hem opgestaan, ze hebben Hem uitgelachen en Zijn wetten nietig verklaard, en ze zijn afgedaald naar de aarde en hebben onder het volk van hun Vader een verschrikkelijke ravage aangericht. En God heeft ze de hel in gedreven, waar ze kompanen van Lucifer zijn geworden, die hen tot zijn lijfwacht benoemde. Daarom kunnen we vandaag in het boek Job lezen: *Op een dag kwamen de zonen van God hun opwachting maken bij de HEER, en ook de satan maakte bij Hem zijn opwachting.*

En in mijn droom liep ik midden in die stoet, in het kielzog van de duivel, en de optocht steeg op naar de hemel.

Ha! Alweer lees ik in jullie gezichten: wat vertelt die prediker ons nu toch allemaal! Dat de duivel met zijn legerschaar de hemel binnentrekt? Hij kan ons nog meer vertellen!

En toch is het zo. Satan bezoekt onze Heer in de hemel, en onze Heer spreekt met hem.

Opnieuw wil ik uit het boek Job citeren: *De HEER vroeg Satan: 'Waar kom je vandaan?' Satan antwoordde: 'Ik heb rondgezworven en rondgedoold op aarde.'*

Zo praat Lucifer met God. En jullie weten, Lucifer was ooit Gods lieveling, en ook al had God hem vervloekt omdat hij tegen Hem in opstand was gekomen, toch was de liefde in Gods hart niet gedoofd, en uit liefde staat God de afvallige, de lasteraar, de opstandeling, de snoodaard, toe Hem af en toe te bezoeken. Ach, wat werd Hij in Zijn liefde bedrogen, onze arme Heer!

En ik was bij een van die bezoeken – in mijn droom. Maar ik zeg het meteen: ze hebben me niet meegenomen de hemel in. Voordat ik aanstalten maakte de drempel van de hemelpoort over te stappen, werd ik wakker.

Nu wil ik geloven dat God me deze droom heeft gestuurd, niet om me 's nachts te kwellen, maar om me meer inzicht te geven en met meer kennis van zaken dan tot nu toe over het kwaad te preken.

Geef toe, toen ik zojuist met opzet opvallend terloops opmerkte dat ik Satan in mijn droom was tegengekomen, was jullie eerste gedachte: hoe ziet hij eruit?

Jullie willen voorbereid zijn voor het geval dat jullie hem tegenkomen, ik bedoel, tegenkomen op aarde, waar hij ravage aanricht. Kijk om jullie heen! Hoeveel schade heeft hij al aangericht?

Maar luister verder: ik liep dus tussen de zonen van God. Ze waren niet anders gekleed dan ik en droegen pijen met kappen. Het viel me op dat hun kleren te groot waren, alsof de zonen sinds ze zich de kleren hadden laten aanmeten, gekrompen waren of hun kleding van grotere mensen hadden geleend of gestolen. Ze hadden de kap allemaal over hun hoofd getrokken en de kappen hingen een eind voor hun gezicht, zodat het leek alsof daar alleen maar schaduw was.

En inderdaad was er schaduw waar een gezicht had moeten zijn; nee, schaduw is niet het juiste woord, want ons leven op aarde is ook als een schaduw, lezen we in Kronieken, maar het blijft niet als een schaduw.

Niet over schaduw, nee, over duisternis moet ik spreken, het gezicht van de zonen van God is duisternis.

Maar wat valt er te zeggen over de duisternis? Zij is niets. Zij is de toestand voor de schepping. Over het gezicht van Gods zonen valt ook niets te zeggen. Het is niets. Een zwart niets. Dat dacht ik in eerste instantie. Maar toen mijn ogen aan de duisternis gewend waren, kreeg het zwart langzaam een groene kleur; zodat ik, en ik zweer jullie dat ik de waarheid spreek, kan zeggen: het gezicht van Gods zonen is een groen-zwart niets. Het is alsof je 's nachts op een klif staat en naar het water beneden je kijkt, dat op die plek duizend meter diep is, en slechts een smalle maansikkel een klein beetje licht op het oppervlak werpt, net genoeg om te zien waar het iets eindigt en het niets begint.

Maar meteen moet ik er nog iets aan toevoegen, en knoop dit goed in jullie oren: het niets is oneindig. Het is veel meer dan het tegendeel van iets. Als het niets het tegendeel van Gods schepping was geweest, die zoals bekend het summum van iets is, dan stond het er alleen al door het woord tegendeel mee in verbinding; want het tegendeel heeft het deel nodig om te zijn. Maar het niets dat ik achter de kappen van de zonen van God zag, had geen tegendeel; het was niets in zijn lege toestand. – Denk erover na wat ik daarmee bedoel! Ha, het is een strikvraag, ik geef het toe! Denk na zoals ook ik heb nagedacht!

Tot mijn droom kon ik mij het niets alleen maar voorstellen als een breed veld dat erop wacht door Gods hand bewerkt te worden, waarna het in iets verandert. Zo bezien is het niets een niets dat voorafgaat aan iets. *In het begin schiep God de hemel en de aarde. De aarde was woest en leeg, duisternis lag over de oervloed.* – Die leegte was een goede leegte, want zij was voorbestemd om de geboortegrond van de wereld te worden, die immers niets anders is dan iets. Maar die leegte, die goede leegte, zag ik niet in de gezichten van de gevallen zonen van God. Ik zag de boze leegte, het boze niets, het absolute niets. Geen mens zou die aanblik in het echte leven kunnen verdragen. Daarom heeft God me dit in een droom laten zien. Geloof me, van die aanblik zal ik nooit herstellen.

Ik zie wel hoe ongeduldig jullie zijn, ik voel het, ik hoor het, ik ruik het. Stop niet bij de beschrijving van de zonen van God, zegt jullie ongeduld; beschrijf ons Satan, prediker! Hoe ziet de duivel eruit? Dat willen jullie weten, heb ik gelijk of niet? Omdat jullie geen genoegen nemen met wat de Heilige Paulus over hem zegt, namelijk dat hij vol list en sluwheid is, de vijand van alle gerechtigheid, die niet ophoudt de rechte wegen van de Heer te veranderen in kronkelpaden. Ik waarschuw jullie: Je mag je niet te lang met hem bezighouden, want daardoor lok je hem juist aan.

Maar ik vertel het jullie, ik vertel het jullie, want jullie zijn sterk, jullie kennen je eigen waanzin. Houd elkaars hand vast, want zo meteen zal de naaste de hand van zijn naaste loslaten en die nooit meer willen aanraken, en als die naaste zijn liefste vrouw of haar liefste man is...'

Op dat moment had de heilige gewankeld, zich aan het gestoelte vastgeklampt en zijn rede onderbroken, vertelde schoenmaker Anselmo.

11

Anselmo's herinneringen kloppen niet helemaal, stelde Filippo Fedrizzi, de bakker van Camposampiero, aan wie de inwoners van het stadje menig aangenaam ontbijtuurtje te danken hadden en die zijn collega's uit het deftige Venetië al onder druk hadden gezet om hun het recept van zijn ciabatta te verklappen, wat hij echter niet had gedaan. Filippo beweerde daarentegen dat Antonius niet lang bij de zonen van God was geweest, wat ook geen waarde zou hebben gehad omdat het bij dit onderwerp slechts om een theologische spitsvondigheid ging, die niemand begreep behalve Anselmo, de schoenmaker, die zich zoals algemeen bekend was onder het werk door zijn vrouw uit de Bijbel liet voorlezen, waarover hij, volkomen begrijpelijk, eens een boekje open wilde doen...

Nee, in werkelijkheid had Antonius in zijn preek de zonen van God eigenlijk slechts terloops genoemd; waar hij echt uitvoerig op was ingegaan, was de huidige politieke situatie, en de drieduizend toehoorders hadden ook niet anders verwacht. Hij had de zonen van God slechts als vergelijking in stelling gebracht. Hij kon wel bevestigen dat de prediker meteen aan het begin, dus al na enkele woorden, had gewankeld. Voor het eerst had hij gewankeld. Dat hadden de mensen die verder naar achteren stonden misschien niet gezien, hij had het wel gezien. En daarna had hij nog een tweede keer gewankeld, waarna hij zijn rede had afgebroken.

In tegenstelling tot Anselmo, die juist ver naar achteren stond en bovendien klein van stuk was, had hij – zo berichtte Filippo Fedrizzi – de prediker heel goed kunnen zien en horen, omdat hij zich op de eerste verdieping van zijn huis bevond, bij het raam, en Antonius pal onder dit raam had gestaan op een spreekgestoelte dat van notenhouten planken getimmerd was. Hij, Filippo, had gedacht dat het door de honger kwam dat de heilige man plotseling wankelde, misschien had hij vandaag niets fatsoenlijks gegeten en gisteren waarschijnlijk ook niet, zo zijn heilige mannen nu eenmaal, ze denken pas als laatste aan zichzelf. Daarom had hij zich naar de bakkerij gehaast, een van zijn beroemde broden gepakt, was meteen weer naar het open raam gerend, had 'Hé!' geroepen, en toen Antonius zich naar hem omdraaide, had hij hem het brood toegeworpen. En zowaar: de heilige man had een hap brood genomen, erop gekauwd, die doorgeslikt en verder gepreekt.

'Onze woorden...' had Antonius over de piazza geroepen, zo was hij zijn preek begonnen, aldus bakker Filippo Fedrizzi en hij stak zijn hand op alsof hij een eed wilde afleggen, als teken dat zijn versie de juiste was.

'Onze woorden moeten zijn als Mongolen die een stil land overvallen: als zij zich terugtrekken, is er geen handbreed meer over waarop niet de afdruk van hun paardenhoeven te zien is.

Oei!

Nu hoor ik jullie kreunen!

Jullie denken toch niet dat ik het beeld van de Mongoolse horden zomaar uit de lucht heb gegrepen? Dat heb ik niet! En ik heb het Mongolenleger ook niet toevallig met de zonen van God vergeleken. Ik wil graag mijn mening over een belangrijke kwestie voor jullie uiteenzetten.

Het is me het afgelopen jaar geen enkele keer overkomen dat ik een herberg binnenging en bij de mannen ging zitten zonder dat een van hen zich na een paar minuten naar me omdraaide en vroeg: Wat vind jij nu van hen, broeder? En hij hoefde er niet bij te zeggen waarvan ik iets moest vinden. Ik wist het en iedereen wist het: wat ik van de Mongolen vond, wilde hij weten. En dat willen jullie ook weten, daarom zijn jullie naar Camposampiero gekomen.

Jullie willen weten wat Antonius van de Mongolen vindt, basta!

Jullie hebben allemaal een mening over hen. Heb ik gelijk of niet? En mag ik geloven dat jullie samen allemaal dezelfde mening hebben? Dat geloof ik namelijk.

Ze braden kleine kinderen aan het spit, wrijven hun lijfjes met scherpe kruiden in en vreten ze op. Ze binden hun vijanden vast aan een rots, schaven met de haarkammen van hun vrouwen de huid van hun lijf, begeleiden hun kreten op hun instrumenten en dansen op de afgehakte handen. Hun zonen mogen, als teken dat ze weldra volwassen zijn, de teelballen van hun vijanden afbijten. De meisjes lepelen de ogen uit hun hoofd, strooien er naar smaak suiker of zout over, en kauwen er genoeglijk op, terwijl de moeders hun nieuwgeborenen in het bloed van christenen baden.

Dat vertellen we elkaar.

We hebben al van zo veel gruwelijkheden gehoord dat de Mongolen helemaal geen tijd zouden hebben om landen te veroveren als ze al die dingen zouden doen. Ieder van ons, zei ik, heeft een mening over hen. Maar wie kent ze werkelijk, de Mongolen?

Nee, mijn waarde medebroeder Giovanni Piano Carpini, die me eer betoonde door mij en mijn preek aan te kondigen, die kent ze, en hij kent ze door en door, zoals hij zijn eigen moeder kent. Hij was te gast bij Ögedei, de opperste Khan die met zijn Gouden Horde in enkele dagen de Polen, de Russen, en alle anderen versloeg.

Hij heeft hem in zijn legerkamp aan de westgrens van Rusland bezocht. En hij heeft ook de leider van alle leiders, Dzjengis Khan in het verre Mongolië bezocht en de toestand in de wereld met hem besproken. En dat doet ons misschien wel denken aan het bezoek van Satan in de hemel, maar in ons geval heeft een gezant van God de duivel in zijn hel bezocht.

Nu vraag ik jullie: zit de huid van broeder Giovanni nog aan zijn lichaam? Zitten zijn ogen nog aan zijn hoofd en hangen zijn teelballen nog tussen zijn benen? Jazeker.

Broeder Giovanni heeft me er uitvoerig over verteld, want ik heb hem ernaar gevraagd, omdat ik jullie erover wil vertellen. Een betere redenaar dan ik zou zijn gesprekken met Ögedei en Dzjengis Khan niet meteen samenvatten, maar met een inleiding beginnen om de spanning op te voeren. Ik wil het niet en kan het niet, ik ben een koopmanszoon uit Lissabon, en nergens hebben de Portugese kooplieden een grotere hekel aan dan wanneer hun tijd wordt verdaan. Daarom ga ik rechtstreeks naar de conclusie: de Mongolen zijn volgens het oordeel van mijn broeder Giovanni Piano Carpini zonder enige twijfel een gesel van God. Ze zijn de tien plagen waaraan God de Farao onderwierp. Ze zijn het bloed dat de engel op de deurposten van de rechtvaardigen strijkt, zodat ze gespaard zullen worden in het grote bloedbad. De Mongolen staan gelijk met moord en doodslag. Ze zijn alles wat de mens de mens kan aandoen – en moet aandoen als God het beveelt.

Ze zijn het die ons naar de rand van de afgrond drijven – maar duivels zijn het niet. En geef elkaar nu allemaal een hand! Ze zijn juist gezanten van God. God heeft hen uitverkozen en gestaald, Hij heeft hun ieder greintje barmhartigheid ontnomen en ze eropuit gestuurd om Zijn vijanden de stuipen op het lijf te jagen.

Ze zijn Gods persoonlijke wapen. De Heilige Paulus schreef aan de Efeziërs: *Trek de wapenrusting van God aan om stand te kunnen houden tegen de listen van de duivel!*

De Mongolen zijn de wapenrusting van God!

Maar laten we nuchter blijven. Vandaag mag ik erover spreken, enkele weken geleden mocht dat nog niet. Waarom, denken jullie, heeft broeder Giovanni de Khans bezocht? Om gezellig met hen te babbelen? Om samen met hen jenever te drinken, die ze uit geitenmest distilleren? Nou? – Nee! De Heilige Vader in Rome had hem voor een ontmoeting met Dzjengis Khan en Ögedei Khan naar de grens tussen Mongolië en het Russische rijk gestuurd om de Mongolen tot een bondgenootschap over te halen, een bondgenootschap tegen de ware duivel – een jonge duivel, gruwelijker en zwarter dan de duivel in de Schrift, een duivel jonger dan de Schrift, een duivel voor wie zelfs de duivels in de hel bang zijn en zich in de borrelende gloed verstoppen, Beëlzebub, Abbadon, het dier 666, de oude Typhon, net als de Kaïnsdochter Naäma en Gods zonen Semjeza en Azazel – een duivel die, om God en alle gelovigen met smaad en hoon te overladen, in zijn groene vaandel de letters van de heilige God heeft geborduurd.

Daarom zal ik de naam van deze vijand niet uitspreken.

En die hoef ik niet uit te spreken, jullie kennen hem. De tijd is aangebroken waar de evangelist Marcus het over heeft als hij zegt: *Want het zal een tijd van grote verdrukking zijn, zoals er niet geweest is sinds het ontstaan van de wereld tot nu toe, en ook niet meer zal komen.*

En ik zeg jullie: als de Mongolen werkelijk gezanten van de hel waren, dan zou ik de Heilige Vader in Rome aanraden een verbond met hen te sluiten tegen de mannen onder het groene vaandel. En verder zeg ik jullie: het zou me niet verbazen als God zich met Zijn zonen verzoende zodat ze een tweede keer naar de aarde afdalen om hun schrikbewind te vestigen, deze keer tegen de vijand onder het groene vaandel. *Met sterke hand en opgeheven arm* zal Hij hem vernietigen.

'Ik had een droom. Ik daalde af in de hel, ik deed wat er in de Geloofsbelijdenis over onze Heer Jezus Christus staat – *Credo in unum Deum, patrem omnipotentem, creatorem caeli et terrae – geboren uit de Maagd Maria, die geleden heeft onder Pontius Pilatus, is gekruisigd, gestorven en begraven; die nedergedaald is ter helle...* en in mijn droom zag ik de verdoemden. Zag ik hoe ze gemarteld werden. De een kreeg vloeibaar lood van boven en van onderen in zijn lichaam gepompt; bij de ander werden gloeiende spijkers in het ruggenmerg getimmerd, zodat de gloed door zijn ribben heen schemerde; een derde zogen vleermuizen de ogen uit en daarna via de gaten de hersens; bij de vierde marcheerden stinkwantsen onder de huid via de aders in alle richtingen.

Bij de valsspelers en arglistige lieden werden de hoofden naar de rug gedraaid en in hun gezicht werd een grijns gegrift. Odysseus en zijn makker Diomedes brandden in hoorns van vuur. De onbarmhartigen staken tot aan hun neus in het ijs, bij de liefdelozen kropen slangen uit alle gaten, bij de onverzoenlijken groeiden er paddenstoelen uit oren, neus en mond.

En hier stuitte ik ook op Mohammed en zijn schoonzoon Ali. Ze bekeken me vol jaloezie. Ze hadden niets aan alles wat ze hadden verworven, en ook niets aan wie ze als beschermheer hadden gekozen. Ook hielp het hun niet dat de dood in de tijd dat ze leefden in hun gelederen reed – *maar de duivel heeft uit jaloezie de dood in de wereld gebracht.* Ze liepen met gekromde rug en met hun armen om hun romp, want ze waren opengesneden vanaf de adamsappel tot aan de anus. Hun ingewanden en maag puilden tussen hun vingers door naar buiten en hun darmen barstten open, de vloeibare stront droop langs hun benen en voeten, en de stank ervan overtrof die van de hel.

Ze vertelden me dat dit hun straf was voor het feit dat ze met de bijlen van de leugen en de verleiding het geloof in de enige God in tweeën hadden gekliefd. Terwijl ze met me praatten, groeide hun buik weer dicht en ze slaakten een zucht van verlichting. Maar bij de volgende bocht in de weg stonden hun alweer twee nieuwe duivels op te wachten, rood en heet als gloeiend ijzer, en die reten hen met hun klauwen opnieuw open.

Ik zeg jullie, wat ik zag, vervulde me niet met schrik. In de hel is het net als op aarde, dacht ik. Hier wordt gemarteld, daar wordt gemarteld. Er is maar één verschil: de hel duurt eeuwig.

Algauw wilde ik weer terug naar het licht en ik keek omhoog. En wat zag ik? Hoog boven me zweefde een veranda, een balkon voor het hemelpaleis. Daar verzamelden zich de heiligen als ze zin hadden om naar de hel beneden te kijken en zich te verlustigen in de kwellingen van de bozen, de mensen zonder hoop. En ik zag mijn broeder Berardus van Carbio en zijn vrienden Otho, Petrus van San Gimignano, Adjutus en Accursius, wier hoofden door de moslims eerst in tweeën waren gekliefd en daarna afgehakt. Ik zag de littekens in hun gezicht en ik hoorde ze lachen…'

Bij die woorden had de prediker volgens bakker Filippo Fedrizzi voor de tweede keer gewankeld. Antonius had achter zich gegrepen en zich met beide handen vastgeklampt aan de stangen waarover de linnen doeken waren gespannen om zijn door de tonsuur gevoelige hoofd tegen de zon te beschutten.

Bouwmeester Giuseppe d'Este beaamde wat de bakker zei. Hij had vanaf zijn ziekbed heel precies kunnen horen wat Antonius had verkondigd. In zijn preek was het ondubbelzinnig om haat gegaan, haat was het onderwerp van zijn preek geweest, over de schadeloosstelling van de haat was het gegaan, om de rehabilitatie van de haat; liefde voor de naaste en haat tegen de naaste moesten naast elkaar worden geplaatst, daarom ging het in de preek en om niets anders. In een wereld vol liefde zou de liefde ten onder gaan. Als een mens in een wereld vol liefde werd geboren, wat kon hij dan met zijn liefde beginnen? Niets. Ze zou onzichtbaar zijn. Ze zou uit zijn hart wegvloeien, net als wanneer je met een handvol water een rivier in loopt. Het natte wordt door het droge zichtbaar, kou door warmte, licht door duisternis, en de liefde wordt pas zichtbaar voor een coulisse van haat.

Dat waren volgens Giuseppe de woorden van Antonius geweest op die dag, die zijn laatste dag op deze wereld was. Onze Heer Jezus Christus was in een wereld vol haat gekomen, niet in een wereld vol liefde. Alleen in een wereld vol haat had Gods genade zin.

12

Hij wist dat hij weldra zou sterven; misschien al in de komende dagen. Maar terwijl hij preekte, liet de pijn hem met rust en ook de angst en ontzetting. Hij werd rustig, zijn polsslag werd rustig hoewel hij met luide stem sprak, zijn buik werd plat, zacht en licht, zijn ingewanden kwamen tot rust, en zijn mondhoeken krulden omhoog. Pas nu, voor het naderende einde van mijn leven, zo dacht hij bij zichzelf, toont mijn lichaam me wat nederigheid inhoudt: je afkeren van alles wat niet wezenlijk is. Met de dood voor ogen was alles niet wezenlijk.

Terwijl hij sprak – nee, terwijl de woorden uit hem stroomden, want hij wist niet wat hij zei, en het kon hem ook maar weinig schelen – herinnerde hij zich met jeugdige lichtheid (alsof hij weer genoot van een vrij uurtje in een van de koffiehuizen van Córdoba) zijn grootvader, van wie hij meer had gehouden dan van enig ander mens.

Die had hem als twaalfjarige bij zich geroepen en hem op de bewerkte stoel in zijn werkkamer laten plaatsnemen. Op die stoel gingen hoge heren zitten als ze op bezoek kwamen om zijn grootvader om raad te vragen. Want tot in de wijde omtrek stond senhor Gonçalo Mendes bekend als een wijze onder de wijzen. Eudes III, de hertog van Bourgondië, en Renaud de Dammartin, een vriend van Richard Leeuwenhart, hadden er al op gezeten, evenals koningin Petronella van Aragón, maar ook de bisschop van Coimbra, met zijn maîtresse, die dichteres was, op zijn knieën – en ook was er eens op een nacht een beer langsgekomen, die op het raam had geklopt en toen zijn grootvader hem had gevraagd binnen te komen, juist op deze stoel was gaan zitten.

Het was de beer die in het bos op jou had gepast toen je in de wolfsklem vastzat. Het was onze beer.

Zijn voetzolen hadden niet tot de grond gereikt, ze hadden als de voeten van een kind in de lucht gebungeld. Maar zijn bovenlijf stak een heel eind boven de rugleuning uit en hij had met zijn ronde oogjes op me neergekeken en zijn poten over zijn buik gevouwen zoals dikke priesters plegen te doen als ze op andermans kosten goed hebben gegeten.

En wat wilde hij van jou? vroeg Fernando.

Hij had gehoord wat jou op dat moment het meest bezighield, antwoordde zijn grootvader, en daarover wilde hij het met mij hebben. Hij bespeurde een verandering. Hij had telkens opnieuw aan je moeten denken, zei hij. Hij zei dat hij zich je peetvader voelt. Sinds die keer dat hij op je heeft gepast, voelt hij zich je peetvader.

Vertel je me nu geen leugen? had Fernando gevraagd.

Nee, ik vertel je geen leugen, had grootvader geantwoord. Want wat is een leugen en wat is geen leugen? En of je me nu gelooft of niet, Fernando, juist over dit onderwerp hebben de beer en ik meteen aan het begin gediscussieerd voor we over jou kwamen te spreken. De beer was namelijk van mening dat alles wat wordt beweerd, het maakt niet uit door wie, ook al was het de paus zelf, maar wat niet bewezen kan worden, een leugen is.

Zijn grootvader was een kleine man die met brede passen liep, vanuit zijn heupen net zoals hij, Fernando, en daarbij zijn gebogen armen naar voren en achteren zwaaide, alsof hij naar alle kanten aalmoezen uitdeelde – wat hij ook gul deed. Hij rook naar melisse, en dat was een vredige, vrolijke geur.

Als Antonius zich liet gaan, dat wil zeggen als hij zich enkele ademtochten lang – langer was niet aan te raden en waarschijnlijk ook niet mogelijk – overgaf aan zijn zintuigen en hun herinneringsvermogen, dan steeg de geur van melisse nog steeds op uit zijn lichaam, als het ware via de holtes van dat lichaam, omhoog in zijn neus, en heel even had hij de indruk dat zijn grootvader naast hem zat. En hij beeldde zich in te horen hoe hij een vraag stelde die niemand anders ooit zou stellen: 'Kun je me zeggen waarom je je God niet kunt voorstellen als iemand die een mop vertelt?'

Kon God de Almachtige niet lachen? Waarom niet?

Zijn grootvader was de enige in de familie die zich waste zoals de Arabieren, wat betekende dat hij iedere ochtend, begeleid door twee dienaren, met ferme tred afdaalde naar de Taag, zich daar uitkleedde en de rivier in liep totdat het water tot zijn kin kwam. Hij spreidde zijn armen uit en draaide zich in de rondte en na een poosje stapte hij het water weer uit en liet zich door zijn dienaren afdrogen. Dat deed hij zowel 's zomers als 's winters. Op de vermaningen van zijn oudste zoon, Fernando's oom, dat dit onzedelijk en islamitisch, in elk geval geenszins christelijk was, wierp hij tegen dat hij dit ritueel juist niet van de Arabieren had afgekeken, maar van de Heilige Schrift, waar in Mattheüs staat: *Uit Jeruzalem, uit heel Judea en uit de omgeving van de Jordaan stroomden de mensen toe en ze lieten zich door hem dopen in de rivier de Jordaan, waarbij ze hun zonden beleden.* De heilige doop mag niet met een ijdel bad worden verwisseld, zelfs niet vergeleken worden, wees de norbertijner pater, die groenige, dorre man, zijn eigen vader terecht.

Maar die had alleen geglimlacht; zoals hij ook alleen geglimlacht had toen hij vrij snel na de dood van zijn vrouw een nieuwe vrouw, een zwarte Afrikaanse bovendien, tot zich had genomen en niet alleen niet tot het einde van het rouwjaar had gewacht en ook niet eerst met haar getrouwd was, maar haar meteen en zonder zelfs de schijn van heimelijkheid op te houden, bij zich had laten intrekken. Haar kreten van genot waren tot in de slaapkamer van zijn kleinzoon te horen geweest, en die bevond zich in de andere vleugel van het kasteel.

Zijn grootvader noemde zijn geliefde 'de vrouw uit Kus'; dat was een toespeling op Mozes, aan wie God op honderdjarige leeftijd een jonge, eveneens zwarte vrouw zo niet gestuurd, dan toch had toegestaan. Net als Aäron en Mirjam, de broer en zus van Mozes, protesteerden de zonen van senhor Gonçalo Mendes, Fernando's vader en oom, tegen dit geluk, dat ze een schande noemden. Maar senhor Mendes haalde opgewekt zijn bijbel tevoorschijn en bewees hun dat God de kant van Mozes had gekozen, dat Hij Mirjam zelfs voor haar schijnheiligheid had bestraft. Als bij toverslag was haar gezicht wit van melaatsheid geworden, stond er zwart op wit. – *De Heer sprak tot Mozes: Als haar vader haar openlijk in haar gezicht had gespuugd, had ze die schande zeven dagen moeten dragen. Daarom moet ze zeven dagen buiten het kamp gehouden worden, daarna mag ze terugkomen.* – Toen zwegen de zonen en bogen hun hoofd. Fernando en zijn grootvader stonden naast elkaar en hun handen raakten elkaar stiekem aan, maar hun gezicht bleef ernstig, zo ernstig als een gezicht staat als het een lach onderdrukt.

Zijn grootvader was een gelukkig man. Hij gaf graag cadeaus en complimenten, luisterde graag en sprak graag, en als hij zijn kleinzoon zag, was hij nog gelukkiger, en hij hoopte dat hij iemand zou worden zoals hijzelf iemand was. Tot op de dag van vandaag kon Antonius onmogelijk boos zijn op zijn grootvader; en ook al had hij zijn openlijke zonden tot in de finesses kunnen ontleden, wegen en optellen – stel dat zijn grootvader nu, op dit moment, terwijl zijn stembanden en tong tot de drieduizend zielen preekten, precies op dit moment uit het vagevuur zou worden vrijgelaten om bij zijn kleinzoon te biechten, dan had hij hem graag absolutie gegeven, maar diep in zijn hart niet geweten waarvoor. Want zijn grootvader was de zachtaardigste mens geweest, de gulste mens, de geduldigste mens, de barmhartigste mens en de vrolijkste mens die hij ooit had gekend. De vroomste mens was hij niet geweest.

En waarover hebben jullie gediscussieerd, jij en de beer? had Fernando gevraagd.

Of God bestaat, antwoordde zijn grootvader.

Wist de beer dat dan niet?

Nee, dat wist hij niet.

En heb jij het hem uitgelegd?

Ja, ik heb het hem uitgelegd. Maar mensen bidden liever een uur dan dat ze een minuut denken. En bij beren is het niet anders. Als we God van de dingen losmaken, dan bestaat Hij niet, zei ik tegen de beer. En de beer zei: Maar de dingen hebben we in ieder geval, nietwaar? Zo zijn beren nu eenmaal. Maar pas op, Fernando: domheid en luiheid kunnen samen enorm veel teweegbrengen!

Wanneer zijn grootvader uit de Taag was geklommen en de dienaren zijn lichaam met ruwe linnen doeken hadden afgedroogd, zalfden ze hem met olie waaraan melissebladeren waren toegevoegd. Ook zijn haren wreef hij in met die olie. En als zijn nieuwe, mooie zwarte vrouw 's middags na de siësta zijn slaapkamer uit kwam, rook ook zij naar melisse en droeg ze de geur door de gangen van het kasteel met zich mee.

13

De nieuwe vrouw had een dochter meegebracht, ze heette Basima, wat 'glimlachen' betekent, en glimlachen deed ze. Ze was even oud als Fernando en nog knapper dan haar moeder en even zacht als haar moeder en even vrolijk en even enthousiast over alles wat mooi, zacht en vrolijk was. Haar haar krulde alsof de goede God het om Zijn vinger had gewikkeld en erop had geblazen zodat de herinnering eraan niet verloren zou gaan. De krullen bungelden om haar lieflijk gevormde hoofd en aan het einde van iedere krul hing een schelpje dat glansde als parelmoer en in de zon alle mogelijke kleuren uitstraalde.

Fernando's vader en zijn oom eisten dat de vrouw en haar dochter, als ze niet weggejaagd werden, zich in ieder geval niet in het openbaar vertoonden. Om van het gezeur af te zijn stemde mijn grootvader toe; hij was iemand die graag beminde en graag dacht en lachte, maar niet graag ruzie maakte.

Basima en haar moeder waren dus in het kasteel opgesloten. Een deel van het park was hun domein, daar mochten ze zich vrij bewegen, bloemen zaaien en verzorgen en ze mochten ook in de kleine vijver baden. Bediend werden ze niet; het was christelijke lakeien verboden een islamitische vrouw te gehoorzamen, een zwarte vrouw bovendien, vond mijn oom, die zijn hand voor zijn ogen hield als hij haar toevallig tegenkwam. Zo kwam het dat mijn grootvader zijn geliefde en haar dochter zelf hun eten kwam brengen, hun gewassen kleren van de lakeien in ontvangst nam en de wensen van die twee aan de lakeien doorgaf alsof het zijn eigen wensen waren. Hij was blij, verzekerde hij, dat hij op zijn leeftijd nog als dienaar van schoonheid was uitverkozen. Wie hem had uitverkozen, vertelde hij niet.

Fernando was destijds veertien, wat zeggen wilde dat hij volwassen was en als man werd behandeld, en zijn woord gold als dat van een man. Zijn vader kon hem geen bevelen meer geven en zijn oom, die Cassius met zijn holle ogen, al helemaal niet. Ze verwachtten dat Fernando hun kant tegen zijn grootvader zou kiezen. Dat deed hij niet. Hij at regelmatig in de vertrekken van zijn grootvader, ze speelden triktrak met z'n vieren en vertelden elkaar verhalen, en Fernando stond versteld van de wonderbaarlijke verhalen die de Oriënt te bieden had. – Hij was verliefd geworden op Basima, en Basima was verliefd geworden op hem. Daarvan wisten alleen zijn grootvader en de vrouw uit Kus; haar dochter had het háár, zijn kleinzoon hém opgebiecht.

Ze hadden het nog niet aan elkaar bekend.

In het kleine gedeelte van het park dat voor Basima en haar moeder bestemd was en waar een dikke haag omheen liep die iedere blik naar binnen en naar buiten tegenhield, was een vijver, maar geen bron, en in de zomer droogde de vijver op. De vrouw uit Kus was gewend om minstens eens per week een bad te nemen. Het was haar verboden met Fernando's grootvader naar de Taag af te dalen. Daarom liet die een houten badkuip maken en in de slaapkamer van zijn geliefde plaatsen. Het water moest uit de bron op de binnenplaats worden geput. Fernando gebood een lakei het water te halen. Alsof hij het water zelf nodig had, terwijl iedereen in huis wist voor wie het bestemd was. Als de lakei zich had teruggetrokken goot hij het water in de badkuip en verliet de kamer.

Op een bijzonder warme dag verbood zijn oom de dienaren het water uit de bron te putten. Er is al te veel water gebruikt, zei hij. Hij zei: 'Er is' en bedoelde *Zij heeft*. De naam van de vrouw kreeg hij niet over zijn lippen. Hij was er overigens trots op nog nooit van zijn leven een bad te hebben genomen. Dus trokken Fernando en Basima er 's nachts op uit en lieten de emmers aan een touw in de schacht zakken. De schacht was diep en het duurde lang voordat een emmer beneden was, en het duurde lang voordat die met water gevuld was, en het duurde lang voordat hij naar boven was gehaald. De twee gebruikten die tijd voor kleine aanrakingen – van de handrug, de oksel, het puntje van de kin. Er moesten vier emmers met water worden gevuld. Toen de laatste beneden aankwam, beroerden haar lippen de zijne.

Zij zei dat het niet slecht kon zijn.

Hij zei dat God de liefde had geschapen, dat de hel niet genoeg kracht had voor zo'n werk, dat kon hij zich in ieder geval niet voorstellen.

Zij citeerde de Koran: *Hij heeft liefde in hun hart gelegd. Al had je alles gebruikt wat op aarde is, toch had je geen liefde in hun hart kunnen leggen, maar Allah heeft liefde in hun hart gelegd. Waarlijk, Hij is almachtig, alwijs.*

Hij citeerde niet. Hij kende zijn heilige boek nog niet goed genoeg om er een rechtvaardiging in te vinden voor wat hij wilde doen en wat ze ook deden toen ze onder de lauwe zomerhemel naar de tuin terugkeerden, waar een dikke haag omheen liep die iedere blik naar binnen en naar buiten tegenhield.

Ze waren het met elkaar eens. – Maar het zou niet eenvoudig worden. Basima moest zich tot het christelijk geloof bekeren en hij moest zijn vader overhalen zijn zegen te geven. Dat zou zijn grootvader zeker voor elkaar krijgen.

Ze beloofden elkaar hun leven.

Ze beloofden op elkaar te passen en elkaar altijd mooi te blijven vinden.

Ze beloofden elkaar bij te staan in het uur van hun dood.

Het idee deze prachtige vrouw in de toekomst zijn eigen vrouw te mogen noemen, met evenveel lust met haar te slapen als zijn grootvader met haar moeder – zoals Jacob na tweemaal zeven jaren met Rachel had geslapen, ook zij hadden elkaar bij een bron ontmoet en tegen elkaar gezegd dat ze van elkaar hielden. *Daarna kuste hij Rachel, terwijl hij zijn tranen de vrije loop liet.* Laban, de vader van Rachel, was tegen hun liefde en toch hadden de verliefden niet opgegeven. *Zo werkte Jakob zeven jaar om Rachel, maar voor zijn gevoel waren het maar een paar dagen, zoveel hield hij van haar.* Het idee om weldra Basima's man te zijn en dat te blijven tot de dood hen scheidde, vervulde Fernando met hemelhoge trots, en als hij door de stad flaneerde en de jonge mannen zag met jonge vrouwen aan hun arm, was hij hoogmoedig, maar hij noemde het geen hoogmoed, want kun je van hoogmoed spreken als er alle reden voor is?

Fernando was hoogmoedig, maar sterk was hij niet. – Enkele weken later stierf zijn grootvader. En hij lag nog niet eens onder de aarde of zijn oom gebood de vrouw uit Kus en haar dochter al onmiddellijk het kasteel en de stad te verlaten. Fernando's vader hield zijn mond. Hij wilde niet dat er een schaduw over de nagedachtenis van zijn vader zou liggen; die had hem namelijk voor zijn dood geroepen en hem opgedragen zich om zijn geliefde en haar dochter te bekommeren. Hij had het zijn zoon laten beloven en die had het niet over zijn hart kunnen verkrijgen een stervende zijn laatste verzoek te weigeren. Hij koos niet de kant van de vrouw uit Kus en haar dochter, maar ook niet die van zijn broer, de machtige monnik. Hij zweeg en boog zijn hoofd.

Toen Fernando's oom dertig jaar eerder in het klooster was ingetreden had hij zijn erfenis laten uitbetalen en die aan de poort afgegeven. Hij bezat niets en zou op het kasteel geen zeggenschap hebben gehad. Fernando's vader was de enige erfgenaam, en Fernando was de enige erfgenaam van de erfgenaam, want zijn zus leefde als kanunnikes in San Miguel, ook haar erfdeel was afgerekend en aan het klooster overhandigd. Fernando had dus het recht gehad het bevel van zijn oom nietig te verklaren. Maar hij was niet sterk genoeg. Is er ooit een hoogmoedig mens gevonden die ook sterk was? Hij zweeg, en Basima en haar moeder moesten het huis verlaten, hij zweeg en boog zijn hoofd. Hij heeft Basima nooit weergezien. En hij had de raad van zijn oom opgevolgd en gevraagd bij de augustijner kanunniken te mogen intreden.

Toen hij een kind was, vol vertrouwen, blij over het mooie, gelukkig met het goede, één met zijn tijd, had Fernando zijn grootvader vergeten te vragen wat hem, zijn kleinzoon, volgens de beer het meest bezighield; want dat was het onderwerp geweest dat de beer met senhor Gonçalo Mendes had willen bespreken, daarom had hij midden in de nacht op de deur van zijn werkkamer geklopt.

Terwijl zijn preek langzamerhand ten einde kwam en hij met een half oor en zonder enige belangstelling naar zijn eigen, nu bijzonder hartstochtelijke woorden luisterde, probeerde Antonius zich te herinneren wat hem als kind zo had kunnen bezighouden dat zijn lieve grootvader op het idee was gekomen dit verhaal te verzinnen. Hij kon niets bedenken. Hij hoorde zijn stem alsof die ver bij hem vandaan aan de overkant van het plein dreunde; ze dreunde en dreigde en klonk in zijn oren als een van de trompetten van de zonen van Aäron, die voor zijn broer het woord had gevoerd. Maar hij had geen idee wat zijn stem preekte, of het ging over liefde of haat, of over de gapende afgrond van het niets.

Eén gedachte bedrukte hem: wat hij ook zei, of hij nu met de *talen van alle mensen of die van de engelen sprak* of dat *zijn mond vloekte en loog* en *zijn tong misdaad en onrecht voortbracht*, en ook al kwam er alleen maar la-la-la, ei-ei-ei of kaboem, kaboem over zijn lippen, de drieduizend toehoorders zouden door zijn woorden gegrepen zijn alsof er eindelijk iemand onder woorden bracht wat ze al zolang woordeloos dachten...

En nu stak de pijn met zijn dolk opnieuw in zijn lichaam, zodat hij ineenkromp en wankelde en naar het raamwerk greep waarover de linnen doeken gespannen waren om de zon tegen te houden. – Daarbij keek hij recht in het brede, pokdalige gezicht van Ginevra della Maria, die pal voor het podium stond en hij zag haar handen omhoogschieten om haar mond te bedekken. Dat doet een mens als hij een ander mens ziet sterven, dacht hij. En hij dacht: die andere mens ben ik. Hij stelde zich voor dat hij een boom was die zich in een mantel van loof hulde, op de mensen een hautain onverschillige indruk maakte, in de storm het woeden van de zee nabootste en meer dan honderd jaar oud zou worden.

Als ik zeg: 'Laat ik mijn geklaag nu staken en een vrolijker gezicht zetten,' dan blijft mijn pijn me angst aanjagen en weet ik: nooit verklaart U mij onschuldig. Ik zal veroordeeld worden; waarom zou ik nog vruchteloos verder zwoegen? Al zou ik me wassen met sneeuw en mijn handen reinigen met loog, U zou mij in een put gooien; zelfs mijn kleren zouden van me walgen.

14

Ginevra della Maria was uit Mantua, waar ze het huishouden van lakenhandelaar Franco Japponi bestierde, naar Camposampiero gekomen en zij herinnerde het zich anders.

Ze berichtte – niet voor de pauselijke stoel, maar voor Gods troon – dat Antonius beslist niet over haat had gepreekt, maar over liefde; dat liefde, wanneer ze oprecht wordt gevoeld, niet met een aardse maatstaf gemeten mag worden, omdat ze niet van deze wereld is. Ze herinnerde zich niet precies op welke punten de heilige uitvoerig was ingegaan, maar vond dat er niet veel aan de kernboodschap toegevoegd hoefde te worden en dat de redenaar de rest van de tijd met woorden had opgevuld omdat de drieduizend toehoorders, die van heinde en verre waren gekomen, anders teleurgesteld zouden zijn geweest.

Zij had in ieder geval genoeg gehad aan die ene zin. Die had haar getroost. Die had haar met alles verzoend. Alleen hiervoor was ze naar Camposampiero gekomen: voor troost en verzoening. En om bij de heilige te biechten. Voor haar was hij een heilige geweest; en niet alleen voor haar, ook alle anderen hadden het uitsluitend over 'il Santo' gehad.

De vrouw was vertwijfeld. Ze was vijfendertig, getrouwd met Giuseppe della Maria en had vier kinderen. Twee kinderen waren van Giuseppe, een jongen en een meisje, twee zonen waren van haar heer, lakenhandelaar Franco Japponi, bij wie ze al twintig jaar in dienst was.

Ginevra was een lelijke vrouw. Tegelijk was ze meer dan statig: ze had een recht en krachtig postuur en nog altijd bekoorlijke heupen en borsten. Maar als kind had ze pokken gehad en sindsdien zaten haar gezicht, hals en borst onder de kraters en littekens, sommige met blauwe kringen, andere met zwarte korsten, weer andere schilferden, jeukten en bloedden als ze zich krabde, haar gezicht leek op het poreuze, zwarte vel van een dood dier. Maar de rijke man bij wie ze op haar vijftiende in dienst was getreden, signor Japponi, die niet alleen rijk, maar ook intelligent, vroom en knap was en zo begeerlijk dat hij het zich kon veroorloven lang niet te trouwen omdat hij naar het heette iedere vrouw op elk moment kon krijgen, juist die man had zijn oog uitgerekend op haar laten vallen, sterker nog: hij was dol op haar geweest. Hij had haar cadeautjes gegeven alsof ze van zijn stand was, had haar aanbeden alsof ze boven zijn stand was. Ze had hem afgewezen. Niet omdat ze hem niet had gewild. Welke vrouw had hem niet gewild! Ze dacht dat hij de spot met haar dreef. Ze dacht dat hij een jager was die het alleen om het schieten ging en de buit liet liggen. Of dat hij wilde weten of de volkswijsheid klopte dat lelijke vrouwen de geilste waren. Deze beproeving wilde ze niet ondergaan. Hoe kon een man, een knappe man bovendien, een rijke man in ieder geval, verliefd worden op een arm, lelijk meisje als zij? Tegelijk had ze uit zijn woorden opgemaakt dat hij geen man was die met zijn makkers zeer intieme details uitwisselde, geen man die lijsten aanlegde met de namen van vrouwen die hij had veroverd. Hij was een serieuze man voor wie, wat het gevoelsleven betrof, alle mensen gelijk waren. Hij was niet boos toen ze hem afwees, en hij was niet boos toen ze hem voor de tweede keer en de derde keer afwees. Hij legde haar zijn perspectief uit: ze was een vrouw die er anders uitzag dan de anderen. Ze kwam overeen met het beeld dat hij in zich droeg sinds hij ter wereld was gekomen. Hij had geleerd door uiterlijkheden heen te kijken en tot de kern van zaken door te dringen. Dat de ziekte haar huid had ontsierd, zorgde ervoor dat zijn blik niet werd afgeleid door haar uiterlijk, maar zich meteen op haar innerlijk richtte; en zij had zich niet laten afleiden en verleiden door een uiterlijk waarmee ze samenviel, waardoor ze de gelegenheid had gehad en ertoe was aangespoord haar innerlijk te ontwikkelen; juist innerlijke schoonheid, zo had God in de hemel bepaald, was geen geschenk van de natuur, maar moest door ieder mens zelf worden geschapen. Een van nature mooie vrouw

– met die woorden probeerde de rijke, knappe man het arme, lelijke meisje voor zich te winnen – verwaarloosde maar al te vaak haar innerlijke schoonheid en werd een nacht lang begeerd, maar werkelijk bemind werd ze niet; ze zou haar naam op de lijsten terugvinden.

Wat is liefde dan? wilde Ginevra weten. Signor Japponi had geantwoord: Ten eerste iets wat nooit vergaat; ten tweede een geschenk waarvan niemand weet waarom het wordt geschonken, dus genade. Een heer had het recht te oordelen en te weten, de dienaren mochten aanvaarden en desnoods vragen stellen, maar niet antwoorden. Wat de liefde betrof waren alle mensen, uit welke stand ook, dienaren.

Hij had haar werkelijk willen beminnen. En zij had hem na lange tijd geloofd. En inderdaad, toen ze zich aan hem had gegeven, was alles anders geworden. Ook andere mannen hadden haar ineens nagekeken en bloemen voor haar geplukt. Met een van die anderen, Giuseppe della Maria, was ze getrouwd. Hij was kuiper en een oprecht man die graag praatte en vaak intelligente dingen zei en intelligente dingen dacht, en daarbij algauw doorschoot, bijvoorbeeld over het thema groente en wat je moest doen om ze een winter lang goed te houden zodat je ze met Pasen nog kon eten.

Ze had hem van meet af aan over haar liefde voor signor Japponi verteld, niets verzwegen wat netjes onder woorden gebracht kon worden; toen hij haar ten huwelijk vroeg, had ze hem bij zijn mouw gepakt en gezegd dat ze hem iets moest vertellen, en ze had het hem verteld. En hij had ermee ingestemd. Hij had ermee ingestemd dat ze van tijd tot tijd bij haar broodheer overnachtte. Hij wilde alleen dat het op vaste tijden gebeurde. Signor Japponi was gul, hij verdubbelde Ginevra's loon omdat ze nu een gezin zou stichten, en hij gaf haar keer op keer geschenken mee, een kapoen of een biggetje of een kaas voor kerst of zoet brood, waar Giuseppe zo van hield. Ook stuurde hij ieder jaar zijn kleermaker naar Giuseppe om zijn maten te nemen voor een nieuwe jas en een nieuwe broek.

En toen trouwde signor Japponi ook. Hij biechtte zijn vrouw niet meteen op dat hij een zondige relatie met een andere vrouw had, die ook nog eens lelijk was en van eenvoudige komaf. Maar op zeker moment biechtte hij het haar op. Zonder enig probleem. Ook zonder een slecht geweten. Gewoon vanuit het besef, zoals Ginevra zei, dat hij ondertussen het verschil tussen waarheid en leugen niet meer kende, dat de twee vrouwen hetzelfde gezicht, dezelfde gang, dezelfde manier van doen hadden. Hij wilde voor de afwisseling de waarheid eens uitproberen.

Dat soort gedachten had haar lieve signor gehad, berichtte Ginevra della Maria voor Gods troon, en ze voegde eraan toe: Hij legde me uit dat als hij zijn vrouw niet zou vertellen over zijn liefde voor mij, Ginevra, terwijl ik, Ginevra, het wel aan mijn man had verteld, deze liefde in zijn leven niets zou zijn en het gevaar bestond dat dit niets zuigkracht ontwikkelde en alles op zou slokken, totdat er uiteindelijk slechts een holle ziel zou overblijven als het papieren nest van een wespenzwerm na een strenge winter. Dan zou hij zijn ziel waarschijnlijk moeten afschrijven. Eén ding wist hij: vanuit het niets was het een grotere stap naar het allerkleinste iets dan vanuit dat iets naar de grootste zaak ter wereld. Dus biechtte hij het zijn vrouw op en hij biechtte haar ook meteen op dat Ginevra twee kinderen van hem had, voor wie hij voorbeeldig zorgde.

Na ruzie en tranen verzoenden ze zich. En iedereen leefde jarenlang tevreden en gelukkig. Ze waren het niet met elkaar eens, dus brachten ze het onderwerp niet ter sprake als ze elkaar toevallig tegenkwamen. De mannen, Japponi en della Maria, konden joviaal en begripvol met elkaar omgaan, soms nodigden ze elkaar uit voor een borreltje, ook de arme man de rijke. Niemand voelde zich verplicht de ander uit naastenliefde van zijn mening te overtuigen. Het viertal had de publieke opinie tegen zich – sinds jaar en dag was bekend hoe de zaken lagen –, dus gingen ze voorzichtig met meningen om, ook hun eigen mening. Mettertijd wen je aan alles wat ongebruikelijk is, ook aan jezelf.

Ginevra's kinderen, die van Giuseppe en van signor Japponi, groeiden op, de jongens kregen dons op hun kin, de meisjes borsten. Toen sloeg op een nacht het onheil toe. Ginevra werd wakker en haar bed zat onder het bloed. De bloeding liet zich weliswaar met doeken stelpen, maar niet helemaal. Ze hoorde dat Antonius na lange tijd weer zou preken en achteraf de biecht zou afnemen. Die bloeding, dacht Ginevra, was de straf voor de grote zonde in haar leven. Wat anders! De plek waar het bloed uit stroomde, wees daar immers op. Het was onmogelijk dat een mens zo'n grote zonde op zich laadt en ermee wegkomt en tot zijn dood een gelukkig en tevreden leven leidt. Maar zij was tevreden en gelukkig en was dat vanaf haar vijftiende haar hele leven geweest. En signor Japponi was gelukkig en tevreden en zijn vrouw en Giuseppe en de kinderen waren dat ook. En ik moet boeten, dacht ze, terwijl ze maar bleef bloeden. En ze dacht: misschien kan de Heilige Antonius me absolutie geven en als alles goed is, bloed ik dan ook niet meer.

Daarom was ze naar Camposampiero gekomen. En ze had zijn preek gehoord. Maar luisterde niet meer verder toen hij zei dat liefde, als ze oprecht wordt gevoeld, met geen aardse maatstaf kan worden gemeten, omdat ze niet van deze wereld is. Ze wist dat ze vanaf haar vijftiende haar hele leven lang oprechte liefde had gevoeld. Maar toen was ze er getuige van hoe de heilige wankelde, en in zijn ogen had ze de dood gezien. Ze zag hoe de broeders hun broeder ondersteunden en van het podium hielpen om hem naar het klooster te brengen. Toen had ze haar handen voor haar mond geslagen omdat ze bang was dat hij dood zou gaan voordat hij haar absolutie had gegeven.

15

Tijdens het ontbijt in het klooster, dus nog voor zijn preek, zou hij al over duizeligheid en misselijkheid hebben geklaagd. Hij had verder gegeten, nederig, met neergeslagen blik, de ene lepel na de andere – pap van grutten gekookt in schapenmelk, op smaak gebracht met verbrokkelde pittige provolonekaas. Hij was gevoerd omdat zijn armen ineens zwaar waren geworden. Ik kan niet verder eten, had hij gezegd, niet omdat het me niet smaakt, de pap is heel lekker, ik ben vooral voor de kloosterkeuken naar Camposampiero gekomen, maar ik kan mijn lepel niet meer optillen, dat is het. Later zei de prior dat hij hem niet had geloofd; hij had gezien hoe de vingers van zijn rechterhand onder tafel heel beweeglijk met het koord om zijn pij hadden gespeeld. Als iemand plotseling niet meer in staat is zijn armen op te tillen, was er iets in zijn hoofd gebeurd en niet in zijn maag, en in zo'n geval werden eerst de handen door verlamming getroffen. Hij had iets soortgelijks opgemerkt bij zijn voormalige superior, die van de ene minuut op de andere zijn armen had laten vallen als een marionet waarvan de draden zijn doorgesneden.

Broeder Antonius, zo vermoedde de prior, had de kok, broeder Angioletto, niet willen kwetsen, die anders de schuld van Antonius' misselijkheid op zich had moeten nemen omdat er iets niet in orde was met de grutten, de melk of de kaas. Daarom had Antonius gezegd dat hij zijn lepel niet meer naar zijn mond kon brengen, om de kok niet in een kwaad daglicht te stellen. En zijn medebroeders, die voor hem zorgden, had hij ook niet willen kwetsen. Je moest tenslotte iets overwinnen om een volwassen man te voeren, en al helemaal een zieke bij wie je er voortdurend voor op je hoede moest zijn dat alles weer omhoogkwam, en je zou het beledigend vinden als je hulp vervolgens werd afgewezen. Om die reden had Antonius zich laten voeren, nam de prior aan, uit pure nederigheid, zonder verzet, als een kind of een idioot.

Na het eten was hij meteen gaan liggen. Over een uurtje zou de preek beginnen. Ze hadden hem ondersteund, anders had hij zich niet kunnen verroeren. Het was triest om te zien hoe hij met zijn waterbenen de trap had beklommen en de lange gang door was gewaggeld tot aan de cel die altijd op hem wachtte, waar op een lessenaar 'zijn boek' openlag op de plek waar hij het opengeslagen had achtergelaten.

De bladzijde zat tussen de gespleten kippenveer geklemd en de schacht gaf de plaats aan – Job: *Als je tot Hem bidt, dan luistert Hij, en je geloften los je in. Wat jij ook besluit, het zal worden uitgevoerd, en het licht zal schijnen op de wegen die je gaat. Als rampspoed iemand velt en jij zegt: 'Sta op!' dan redt God hem die het hoofd moest buigen.*

Eerst had hij zijn benen opgetrokken, toen aan zijn lijf gesjord, waaruit de prior opmaakte dat deze rust hem geen verlichting bracht. Antonius rolde weer op zijn rug, kreunde en duwde zijn lichaam omhoog tot hij met zijn nek aan het einde van het bed was gekomen en hij zijn hoofd naar achter over de rand kon laten hangen, wat zoals bekend goeddoet als de nekspieren verkrampt zijn. De arme man heeft dus ook nog hoofdpijn, had de prior gedacht. En hij kreeg weinig lucht. En er was te veel water in zijn lichaam. De prior had gehoord over geslaagde experimenten waarbij opgezwollen lichamen waren uitgeperst door er houten latten op en onder te leggen, die strak aan elkaar vast te maken en elk uur aan te trekken. Het zou hem hebben benieuwd waar het overtollige water naar buiten was gekomen.

Als hij lag kreeg hij te weinig lucht, wat waarschijnlijk kwam doordat het water uit zijn benen naar zijn romp sijpelde zodat zijn longen minder ruimte hadden. Dus ging hij met gestrekte benen rechtop zitten. Bij ieder ander hadden ze de hals van de pij opengemaakt, zodat hij gemakkelijk kon ademen. Hij hijgde en kreunde. Broeder Antonius had heel luid gehijgd en gekreund en daarbij de a-klank zo lang aangehouden dat de prior al dacht dat er lucht in zijn keel was blijven steken, die afgaande op de klank eerder van onder dan van boven uit zijn keel kwam. Interessant was het volgende: Antonius had van nature een luide stem, die bovendien zoveel dynamiek bezat dat hij alle andere geluiden overstemde, maar dat ook zijn gefluister, gekreun, gezucht tot in de verste hoeken van het klooster te horen waren, was niet te voorzien geweest. Voor de prior was dit een bewijs te meer dat God deze man had uitgekozen en uitverkozen. Uit Gods verkiezing van juist dit talent moest blijken dat de minderbroeders in de geest van Franciscus een nieuwe weg moesten inslaan. Tot dan toe was de grootste aandacht uitgegaan naar eenvoudige, niet bijzonder leergierige en geschoolde geesten op wier eerbied en gehoorzaamheid jegens het geloof vertrouwd mocht worden. De raad van de Heilige Augustinus dat het bij lastig te bewijzen en gevaarlijk te geloven zaken beter was te neigen tot twijfel dan tot zekerheid, had tot dan toe niet in praktijk te hoeven worden gebracht. Franciscus, dat had Antonius hem, de prior, al vaker duidelijk gemaakt, was de nieuwe rots waarop de Heer Zijn kerk wilde bouwen. De tijden waren veranderd. De kerk moest met de tijden mee veranderen. En hij, de prior, had Antonius geantwoord: Dan ben jij de nieuwe Paulus. En hij had ondertussen heel nauwkeurig het gezicht van zijn gesprekspartner bestudeerd. Een prior moet een geschoolde mensenkenner zijn, want in de afzondering van een klooster waarin de wereld beperkt is tot dertig, veertig of honderd man heeft een ziel vaak geen andere keus dan te veinzen, wil ze zich niet aan wrijvingen blootstellen die het beste van haar wegschaven totdat slechts de as overblijft. Dit soort veinzerij is geen zonde, daarover hadden grotere mannen dan hij, de prior, al commentaren geschreven: de Heilige Benedictus, heel lang geleden al vader Hiëronymus en nog onlangs ordestichter Robert van Molesme. Ook Franciscus kende de ziel het recht toe af en toe alleen te zijn, omdat de schoonheid van de schepping uiteraard slechts met één paar ogen naar behoren bewonderd kan worden. Als de ziel echter zichzelf wil aanschouwen, wat niets anders betekent dan het evenbeeld van God te aanschouwen, dan *moet* ze alleen zijn. Maar nu is een prior een herder, die zowel voor ieder schaap afzonderlijk als voor de hele kudde liefde moet voelen en de verantwoording moet dragen. Hij moet weten wat de kudde wil, en hij moet weten wat elk schaap wil. Want het kwaad is overal. Het is onuitroeibaar, ook niet *als ik mijn bliksemende zwaard wet en mijn hand het grijpt voor het oordeel.* De herder moet de kudde zo leiden dat de geest van het kwaad in haar verandert in het goede en het kwaad weliswaar nog altijd het kwade wil, maar het goede voortbrengt. Daarom moet de prior een vertrouwenwekkende mensenkenner zijn. Hij moet uit het subtielste trekken van een mondhoek iets kunnen afleiden; als de huidskleur een fractie donkerder of bleker wordt, moet hij dat kunnen duiden; stokt de adem, ook al gebeurt het maar één keer, dan is dit een teken; schiet de hand uit, dan wijst dat ergens op. En toen hij tegen Antonius zei: Dan ben jij de nieuwe Paulus, werd die bleek, ademde snel twee keer achter elkaar, zijn blik gleed langs hem heen, maar bleef niet op hem rusten, zijn wangen werden rood en in zijn ogen verscheen een glinstering die hem angst aanjoeg, alsof het de blik van een tiran was, eerder krankzinnig dan zondig, een geelachtig groen oplichtende straal. De grootste kennis van een mens bestaat in het kennen van zijn waanzin. Uiteindelijk daalde over de hele persoon van Antonius echter een nederige vreugde neer.

Waarom had hij dan zo'n luid orgaan gekregen? Om te preken. Jaloerse en minachtende mensen hadden Franciscus de 'idioot' genoemd – *idiota*; de grote man had dat als eretitel opgevat. Maar de nieuwe tijd kon niet meer met eenvoud alleen tegemoet worden getreden. Wie alleen maar liederen over lelietjes-van-dalen en seringenbloesem zong, wie met zuster maan en broeder vuur een reidans uitvoerde, werd door zijn vijanden onder de voet gelopen, de vijanden uit het verre Mongolië, maar ook de groene vijanden, die nog maar kortgeleden uit het westelijke deel van Europa waren verdreven. *Boven de westelijke wereld gaat een gordijn omhoog. Een fijne roetregen...* De nieuwe tijd had een prediker nodig. En een prediker had woorden nodig, hij had meer woorden nodig dan de toehoorder. De prediker moest lezen. En de prior kende niemand die zoveel boeken had gelezen als Antonius.

16

Buiten voor de celdeur lachten de broeders zich krom. Dat iemand die terwijl hij nog leefde al overduidelijk als een heilige werd behandeld a. buikkrampen kon hebben, b. hoofdpijn, en dat zoals ieder ander, en c. daarbij snoof, kreunde en knorde als een varken voor het geslacht wordt – dat vonden ze dolkomisch; hoewel ze eigenlijk wilden huilen, zoals ze later handenwringend verzekerden. Alleen had niemand het gewaagd de kraag van de man te openen om hem zo misschien wat verlichting te geven.

Je moest zorgvuldig te werk gaan! In dit soort gevallen verdwijnen de verschillen tussen belangrijk en onbelangrijk en wordt alles belangrijk. Het was namelijk niet zo geweest dat de broeders die broeder Antonius aan tafel hadden gevoerd hem ook naar zijn cel hadden gebracht. Iedereen wilde hem dienen; niet dat altijd dezelfde broeders met hun neus in de boter vielen. Degenen die hem hadden gevoerd, hadden het waarschijnlijk wel aangedurfd zijn kraag te openen. Wie het aandurft zo'n man de ene lepel pap na de andere in de mond te stoppen, durft het ook aan zijn kraag te openen. Maar de broeders die hem na het eten naar zijn cel hadden gebracht, durfden het niet. Ze riepen de broeders die hem gevoerd hadden naar boven, maar die durfden het onder invloed van het aanvankelijk nog eerbiedige gedrag van de anderen nu ook niet meer. Er werd zelfs aangenomen dat ze, terugblikkend op het ontbijt, een slecht geweten kregen, omdat ze zo kordaat en achteloos de ene lepel na de andere in die mond hadden gestoken. Dat leidde tot nog grotere verwarring. Daar was het vermaledijde gegiechel buiten voor de celdeur ook nog bij gekomen, waar een derde groep broeders gespannen stond te luisteren, namelijk degenen die de heilige niet gevoerd of naar zijn cel gebracht hadden.

En als we deze derde groep eens nader bekijken: waren zij de dragers van het kwaad waarover de prior had gesproken, het kwaad dat onuitroeibaar is, zelfs *als ik mijn bliksemend zwaard wet* en *mijn hand het grijpt voor het oordeel*, en dat zó in de kudde opgenomen moet worden dat het het goede voortbrengt, hoewel het het kwade wil? Nee. Feit is dat Antonius de indruk wekte dat zijn einde naderde, en dit einde was een door God gewild einde; alleen wilde God in dit bijzondere geval met dit bijzondere einde de mensen en de wereld iets meedelen. Als het zo is, dacht iedereen bij zichzelf, dan hebben we met een heilig moment te maken dat een idioot als ik niet mag verstoren. Als de dood zich aandient, gewoon omdat hij zich aandient, stemt dat de mens al tot nadenken, maar als hij wordt gestuurd als een boodschapper die onze wereld iets moet inprenten, is vrome aandacht alleen niet meer genoeg.

Maar wat er op zo'n moment wel wordt verlangd, daaraan kan niemand voldoen. Iedereen staat er verwerpelijk onvolwassen bij, ja, als een idioot – *idiota, idiota, idiota*. Maar tegelijkertijd, zo poogde de prior zijn broeders te verdedigen, bevond de mens zich op zo'n moment ook in een bijzonder komische situatie. Het was zonder meer de grappigste situatie waarin hij hier op aarde kon verzeilen. Die situatie kon worden beschreven als de blik waarmee zelfvernietiging zichzelf beziet. En die liet de waarheid dat de mens naar Gods beeld geschapen is niet toe. Daarom lacht de mens in zo'n situatie. Hij lacht, maar hij lacht niemand uit. Niet hij lacht, maar het lachen zelf lacht. Onbedwingbaar. Maar in eerste instantie werd er alleen gegiecheld.

En juist dit gegiechel buiten voor de deur was de cel binnengedrongen en had de broeders binnen aangestoken, zodat er spoedig een gedrang ontstond, want degenen die binnen waren, wilden snel naar buiten, omdat ze zich niet meer konden inhouden, hun gezichtsspieren aapten de zieke al na, vertrokken tot spottende grimassen, en het gehemelte, die vervloekte, rebelse harlekijn, knorde, kreunde en rochelde zoals de zieke had geknord, gekreund en gerocheld, en de eersten barstten al in lachen uit, wat tegenover de zieke heilige man een onvergeeflijke zonde was, net als de zonde van de soldaten die ten koste van Jezus grappen hadden gemaakt – *ze deden Hem een scharlakenrode mantel om, gaven een rietstengel in zijn rechterhand, vielen voor Hem op de knieën en bespotten Hem...* daarom wilden ze naar buiten. Degenen die buiten waren, drongen tegelijkertijd naar binnen, ten eerste omdat ieder van hen zich wilde losmaken van de anderen om aan het gegiechel te ontsnappen, dat immers alleen in een groep zo aanstekelijk is; ten tweede omdat ze wilden zien en niet alleen horen wat er binnen gaande was, ze dachten dat er haast bij geboden was omdat de heilige kennelijk al half de Jordaan over was. – *Verdorven zijn ze, en gruwelijk is hun onrecht, geen van hen deugt. God kijkt vanuit de hemel naar de mensen om te zien of er één verstandig is, één die God zoekt. Allen zijn afgegleden, allen ontaard, geen van hen deugt, niet één...* – Daardoor begonnen ze te duwen, stompen, kijven en wringen in de nauwe deur. Een van hen maakte de grap: 'Hij vreest zo luid hij kan!' En dat was op dat moment zo geestig dat iedereen zich liet meevoeren op deze wagen, die nu ongehinderd door de keurige tuinen van het fatsoen denderde en de tere bloemen van medelijden, trouw en vriendschap neermaaide. – Maar opeens was de wereld versteend en stil.

Hun monden stonden open; hun ogen waren opengesperd en weerstonden de neiging om te knipperen; de elleboog die net nog een bovenarm naast zich kameraadschappelijk weg had willen stoten, bleef in de lucht hangen; de klodder speeksel, voorbode van een bulderend gelach, bleef aan de lip hangen; en de tranen van de lach droogden sneller in hun traanzakjes dan handdoeken in de sirocco.

Opeens leek er iets gaande. En als er daadwerkelijk iets gaande was, mochten ze op geen enkele manier ingrijpen, hoe graag ze dat ook met de beste bedoelingen hadden willen doen. Ze waren idioten, maar nu wilden ze waardige idioten zijn. Het losmaken van de kraag bijvoorbeeld, zelfs louter als gebaar van naastenliefde bedoeld, zou van hogerhand als interventie kunnen worden opgevat – van God wilden ze zeggen, maar dat durfden ze niet. De waardige idioot wacht op orders van hogerhand om te weten hoe hij moet gehoorzamen.

Zo lag hij daar. En kreunde. En kronkelde van de pijn. Het was niet om aan te zien. Zijn lichaam beroofde hem van elke waardigheid.

De broeders slopen een voor een de cel uit en huilden buiten bittere tranen – niet over het lot van broeder Antonius, zo vertelden ze later, maar over het feit dat de duivels van laagheid, bespotting en vernedering, leedvermaak en kleinering, dat de duivels van het zoals-de-anderen-willen-zijn in hen waren gevaren en dat niet een van hen die demonen weerstand had geboden.

De prior was bij hem gebleven. Hij had weerstand geboden. Hij had Antonius lief met heel zijn hart en heel zijn verstand.

Hij stelde hem voor de preek uit te stellen of af te zeggen. Toen was Antonius overeind gekomen, rechtop gaan zitten en hij had gezegd: 'Nee, ik wil spreken.' Jezus had duizend hongerige mensen met vis en brood gevoed, hij, de kleine mens, had slechts woorden tot zijn beschikking, woorden, woorden, woorden, maar als drieduizend mensen naar woorden verlangden, zou hij hun woorden geven.

En met de volgende woorden, zo berichtte de prior, had Antonius zijn preek voor de drieduizend zielen willen beginnen; hij had de aantekeningen met eigen ogen gezien, Antonius had ze hem getoond en hem gevraagd of hij deze inleiding, het zogenaamde *proemium*, geschikt vond; het waren dezelfde woorden – veelzeggend genoeg, had hij bij zichzelf gedacht – die de Heilige Paulus in zijn brief aan de Korinthiërs had geschreven: *Broeders en zusters, toen ik bij u kwam om u het geheim van God te verkondigen, beschikte ook ik niet over uitzonderlijke welsprekendheid of wijsheid. Ik had besloten u geen andere kennis te brengen dan die over Jezus Christus – de gekruisigde. Bovendien kwam ik bij u in al mijn zwakheid en was ik angstig en onzeker. De boodschap die ik verkondigde overtuigde niet door wijsheid, maar bewees zich door de kracht van de Geest.*

17

De prior stuurde de broeders weg die terug waren gekomen, aan de deur klopten en hem smeekten Antonius om vergeving te mogen vragen. Jullie zijn op de proef gesteld, zei hij, en jullie hebben de beproeving niet doorstaan. Het lichaam van een mens loert soms op een kans om de geest die hem beheerst bloot te stellen aan onwaardigheid, waar je slechts waardigheid tegenover kunt stellen. Dat hadden ze niet begrepen. Terwijl één blik in de ogen van de zieke had volstaan om die grote waardigheid te zien – maar nee. Hij onderhandelde met de broeders op de gang voor Antonius' cel, trok de deur dicht en liet de klink niet los. Hij zag hoe de broeders leden, had graag hun schaamte weggenomen en hun daartoe graag de biecht afgenomen, maar niet nu.

'Ga!' fluisterde hij en het liefst had hij er de woorden van Jezus tegen de overspelige vrouw aan toegevoegd: *Ga heen en zondig niet meer* – maar hij hield zich net op tijd in, want hij zou er misschien de verdenking mee hebben gewekt dat zijn onverbiddelijkheid slechts verwaandheid en aanstellerij was. Het was ongepast om je in Jezus' woorden uit te drukken; Jezus' woorden waren Zijn woorden, wie deed alsof ze op zijn eigen tong pasten, voelde zich torenhoog boven de anderen verheven en zou al even zo diep vallen. De prior was een mild en gehoorzaam man en besefte dat de scheidslijn tussen je klein maken en je groot maken zo scherp is dat hij je voetzool doormidden kan snijden; klein willen zijn en die wens kenbaar maken bewijst vaak juist het tegenovergestelde: de wens om groter te lijken dan je bent.

Toen was hij met Antonius alleen.

Hij vroeg hem of hij wilde biechten.

Antonius schudde zijn hoofd. Het was ijdel om als reine ziel voor mensen te preken die op deze dag nog niet de mogelijkheid hadden gehad absolutie te ontvangen. Zo verwoordde hij het.

Maar je moet als mens de feiten onder ogen zien, zei de prior. Hij was geen arts, maar wel een mensenkenner, en die gave betrof in zijn geval niet alleen de ziel, maar ook het lichaam. Je moet de feiten onder ogen zien.

Draai er maar niet omheen, viel Antonius hem in de rede. Je bedoelt dat ik binnenkort zal sterven, de preek niet zal overleven of zelfs helemaal niet beleven.

Ja, dat bedoel ik, zei de prior.

Er was volgens Antonius nog genoeg tijd om te biechten. Maar hij wilde niet bij hem, de prior, biechten.

Dat had hem diep gekwetst, erkende de prior voor de Sacra Congregatio Pro Causis Sanctorum. Heel diep gekwetst, want Antonius was voor hem een broeder en vriend geweest, en nu besefte de prior dat Antonius niet meer dan zijn broeder was geweest. Aanvankelijk was hij zo verontwaardigd dat hij geneigd was op te staan, weg te gaan en de hoogmoedige man aan zijn lot over te laten. Hij had van Antonius gehouden en als iemand Antonius uitlachte, lachte die ook hem uit. En nu besefte hij dat zijn liefde niet wederzijds was. Zijn hand begon te trillen en hij had een brok in zijn keel gekregen als een brokkenmaker die 's middags een herberg binnenstapt, zich opblaast en de rust wil verstoren. Maar hij had zichzelf gemaand deze beproeving te doorstaan.

Wat wil je dan? had hij Antonius gevraagd.

Ik wil niets, had die geantwoord. Zijn hele leven lang had hij van alles gewild en gewenst. Alsof wat er was niet genoeg was. Hij was bang dat we God verkeerd begrepen hadden. Stel dat het leven alles was wat Hij ons te bieden had. Als we dat van meet af aan hadden geweten, waren we er anders mee omgegaan. God had ons zelfs de vrijheid gegeven Hem verkeerd te begrijpen. In de kern van de vrijheid school de toekomst. Daar maakte ze zich klein. Ze hoorde klein te zijn. Voor een gezond mens was de toekomst klein. De toekomst moest er zijn, maar voor een gezond mens was ze klein. De toekomst is het medicijn tegen Satan, zei hij. Die moet je met gelijke middelen bestrijden. Satan is *het-zal*. Is hij niet tegen God opgestaan omdat hij geloofde dat *het* hem *zou* lukken Hem ten val te brengen? God is de God van het heden. De beloften moeten eens ophouden. De gebeden moeten eens tot een bevredigend einde komen. Anders leven we in onrust zoals de Joden. Als de toekomst een hoge borst opzet, herkennen we de dood. De dood staat achter ons, geeft ons rugdekking en kijkt uit zijn lege oogkassen waar wij heen kijken. Elke toekomst kent een einde, daar ligt het vaderland van de dood. – Zo hoorde de prior Antonius preken.

'Denk je dat het zover is?' vroeg hij hem nu.

Antonius had geknikt. De angst stond in zijn ogen.

Maar hij zei: 'Ik wil niets en verbied je me iets te geven, en ik wil dat je de broeders verbiedt me iets te geven. De dood is een handeling van God waarin de mens niet mag ingrijpen, ook niet uit vermeende naastenliefde.' Zo dicht bij het einde, zei hij, kun je bestuderen hoe het lichaam, dat van de duivel is, in gevecht is met de ziel.

De prior vroeg of hij geen water wilde als hij dorst had, geen pap als hij honger had. Geen bed, als hij moe was.

'Nee,' zei Antonius.

'Maar zelfs Jezus heeft vanaf het kruis geroepen dat hij dorst had,' zei de prior.

'Dat weten we niet,' zei Antonius.

'Maar het staat in het Evangelie,' wierp de prior tegen.

'In het Evangelie van Johannes staat het volgende,' wierp Antonius op zijn beurt tegen: '*Toen wist Jezus dat alles was volbracht, en om de Schrift geheel in ver-*

vulling te laten gaan zei Hij: "Ik heb dorst." Daaruit moeten we concluderen dat hij niet wilde drinken om zijn dorst te lessen, maar om de Schrift in vervulling te laten gaan, want in de Psalmen staat: *ze mengden gif door mijn eten en lesten mijn dorst met azijn.*'

Ik moest hem gelijk geven, zei de prior voor de Sacra Congregatio Pro Causis Sanctorum.

Hij had nader onderzoek gedaan en de teksten gevonden die Antonius had geciteerd; hij was vol bewondering voor Antonius, over wie inmiddels overal werd beweerd dat hij de hele Heilige Schrift, het Oude en Nieuwe Testament, uit zijn hoofd had gekend. Maar van die geruchten maakte de prior voor de congregatie geen gewag, want hij moest erop bedacht zijn dat de *advocatus diaboli* juist dat argument tegen de kandidaat zou gebruiken en diens heiligverklaring zo zou dwarsbomen. Hij zou bijvoorbeeld de belezenheid van Antonius als een vorm van hoogmoed kunnen presenteren en zich in zijn argumentatie op niemand minder dan de Heilige Franciscus baseren, die Antonius in een brief weliswaar toestond theologische betogen voor de broeders te houden, maar dan wel op voorwaarde dat hij *door die studie niet de geest van gebed en overgave zou doven*. In bepaalde kringen werd al genoeg gemord dat het bijgelovige gepeupel altijd zijn zin kreeg; nooit eerder had de paus een knecht van God, hoe vroom die mens ook was geweest, al negen maanden na zijn dood heiligverklaard; bij Franciscus bijvoorbeeld, die toch de nieuwe rots van de kerk was en aan wie de Heiland als enige zijn stigmata had uitgeleend, had het eenentwintig maanden geduurd. Moest de leerling dan boven de meester worden gesteld? – De prior wilde uitstel of zelfs afwijzing van de heiligverklaring niet op zijn geweten hebben.

Vervolgens werd gevraagd hoe het gesprek met de kandidaat verder was verlopen voordat die was opgestaan en voor de drieduizend zielen had gepreekt. Klopte het bijvoorbeeld dat de prior had gevraagd waarom hij maar vier tenen aan zijn rechtervoet had?

Dat heb ik hem gevraagd, antwoordde de prior, en hij moest glimlachen; hij had het onderwerp aangesneden om Antonius van zijn pijn af te leiden en een beetje op te monteren; en hij vertelde wat er aan die vraag voorafging.

Een van zijn schapen, de jongste van zijn broeders, had Antonius tot voorbeeld gekozen. Het volgende bijgeloof deed de ronde: we zouden weliswaar in grote lijnen door God gevormd zijn, maar een engel zou ons hebben afgemaakt, bij de ene mens de ene engel, bij de ander een andere. Daarom zouden we ten eerste allemaal zo verschillend en ten tweede allemaal met gebreken behept zijn, want absoluut volmaakt is alleen God. Als God elk van ons eigenhandig had gevormd, zou ieder van ons volmaakt zijn, en aangezien het volmaakte enig is in zijn soort, zouden we allemaal gelijk zijn, de een net zo volmaakt als de ander, en zou het eigenlijk niet nodig zijn geweest meer dan een van ons te scheppen. Maar soms, zelden, heel zelden, werkte

God een mens af tot de laatste haar was ingeplant en het laatste stukje huid gladgestreken. Van deze bijzondere exemplaren zou God als een soort aandenken een stukje bij zich houden voordat Hij ze tussen de andere mensen losliet. Zo'n bijzonder exemplaar – daarvan was de jongste broeder met zijn onrijpe verstand overtuigd – zo'n mens was Antonius. Toen hij eens op een warme dag met hem in de tuin had gewerkt, had Antonius zijn schoenen uitgetrokken, die hij in tegenstelling tot de andere broeders en ook in strijd met het voorbeeld van Franciscus altijd droeg, en op dat moment had de jonge broeder gezien dat aan Antonius' rechtervoet de kleine teen ontbrak. Dat was het pand dat God had achtergehouden, zodat Hij altijd een stukje van Zijn lieveling bij zich droeg.

Nu lachten ook de leden van de pauselijke congregatie fijntjes, en de prior zag dat de stemming er goed in zat.

'Maar laten we verdergaan!' onderbrak de voorzitter de algemene vrolijkheid. 'Kom ter zake, broeder!'

Het wonder – daarom was de prior immers voor de congregatie ontboden – het wonder had de prior... gedroomd. Maar dat zei hij niet. Hij vertelde alles wat er was gebeurd, beschreef alles in detail – alleen de zin *Ik heb het gedroomd* liet hij achterwege. Maar was het niet ook een soort wonder dat hij destijds in de cel van Antonius in slaap was gevallen? Ondanks alle opwinding? Nadat Antonius hem had opgedragen niets voor hem te doen en ervoor te zorgen dat er niets voor hem werd gedaan, was hij weer op bed gaan liggen, en was hij, de prior, op de stoel gaan zitten met zijn ellebogen op het tafeltje en zijn hoofd in zijn handen en in slaap gevallen. En in zijn slaap was hij wakker geworden, omdat hij de stem van Antonius hoorde, die tegen hem zei: Sta op, we moeten gaan, we mogen die drieduizend mensen niet langer laten wachten. En in zijn slaap draaide hij zich om en zag hij Antonius midden in zijn cel staan met het kindeke Jezus op zijn arm. – Dat had de prior gedroomd en zo had hij het zijn bisschop verteld, behalve dan *Ik heb het gedroomd*, en de bisschop had er voor de Sacra Congregatio Pro Causis Sanctorum verslag van gedaan.

Hij was inderdaad wakker geworden, omdat Antonius aan zijn schouder had geschud. 'Sta op!' had hij gezegd. 'We mogen de mensen niet langer laten wachten.' Hij had naast hem gestaan, fris, met een gezonde gelaatskleur, krachtig, alsof hij niet een paar minuten eerder zo dicht bij de dood was geweest dat die hem door zijn ribben heen had kunnen grijpen. Maar een kind op zijn arm droeg hij niet.

En toen waren ze naar beneden gegaan en het plein opgelopen, en Antonius was het podium opgeklommen, dat van notenhouten planken was getimmerd, hij was onder het zeil gaan staan en was begonnen te preken: 'Mijn broeders en zuster, zoals de Heilige Paulus bij de Korintiërs kwam, kom ook ik bij jullie, niet met grote woorden en grote wijsheid...'

18

En nu lag hij in Arcella op het plein voor het klooster.

Intussen was het laat op de avond geworden, slechts een glinstering als van gepolijst metaal lichtte op in het westen boven de gevels van de huizen. Daar lag hij en op twintig passen afstand stonden, hurkten, zaten en lagen de drieduizend mensen in een kring om hem heen, dichterbij durfde niemand te komen. Er waren fakkels aangestoken, op de hoeken brandden kleine kampvuren, waarboven vissen werden geroosterd, het schijnsel ervan flakkerde op de muren van de huizen. Wijnkroezen werden doorgegeven. Er was ook al gezongen. En telkens opnieuw werd er een gebed aangeheven dat de drieduizend als een windvlaag beving en na een poosje weer wegebde. Kinderen speelden met hoepels en touwen, jongens beschoten met pijl-en-boog de muren van de huizen, waarop hun rieten pijlen versplinterden. Onderdrukte woede-uitbarstingen zorgden voor onderdrukt gelach. De broeders zetten een koraal in. Handelaren verkochten water met azijn, karnemelk en honingkoeken.

Daar lag hij, te midden van de mensen. Hij meende

geen dorst meer te hebben en ook geen buikpijn meer. Hij dacht dat diep ademhalen hem te veel energie zou kosten. Maar hij wist het niet zeker. Hij was niet meer zeker van zijn lichaam. Hij had niet eens meer kunnen zeggen waar hij begon en waar hij ophield. Zijn lichaam leek zich aan zijn waarneming te onttrekken. Mijn lichaam verbergt zich voor mijn ogen, dacht hij – of meende hij te denken. Maar je kunt je lichaam niet verbergen noch veinzen dat het er toch is. Ook zijn verstand liet zich niet meer kritisch onder de loep nemen. Maar van zijn gevoelens was hij zeker. Hij was rustig en wachtte op de dood. Er was niets meer af te handelen. De dood zou over het plein naar hem toe komen. En toen zag hij hem. Hij had een vrouw met een bekoorlijke tred aan zijn hand. Haar gezicht had ze achter een sluier verborgen.

Ik ben niet wie je denkt, zei degene die hij voor de dood had aangezien. Kijk me aan! Je herkent me toch nog wel, Fernando?

Het was zijn grootvader, hij had zijn ambtsketen omgedaan, die hij slechts droeg op de belangrijkste officiële feestdagen van het land en het jaar; aan de ketting met de grote schakels hing een gouden penning, breder dan de hand van een jongen van zes, zwaarder dan een kruik vol melk, waarin een adelaar was gegraveerd die op het punt stond zijn vleugels uit te spreiden om weg te vliegen.

Antonius zei dat hij het wist.

Ik heb iemand voor je meegebracht, zei zijn grootvader en hij boog zich over zijn kleinzoon heen, die een vleug van melisse opving. De vrouw is niet mooi. Maar laat haar dat niet merken. Ik ben nog nooit zo'n goede vrouw tegengekomen. Wel twee of drie al even onberispelijk. Ze heeft me gevraagd bij jou een goed woordje voor haar te doen. Ze wil biechten. Laat haar dat doen, Fernando, ook al geloof je er nu niet meer in! Ik zou graag zeggen dat ik jaloers op je ben, maar jaloezie ken ik niet meer, zelfs toen ik nog leefde kende ik die niet. Ik ben zelf heel snel gestorven. Ze zeggen altijd dat het een genade is om snel te sterven. Ik had maar een paar ogenblikken, je weet het, je was erbij. Maar van die weinige ogenblikken heb ik genoten. Ik denk, Fernando, dat ik weet wat je denkt. Dat je niets meer af te handelen hebt. Is dat niet heerlijk? We hebben niets meer af te handelen op deze wereld! Dat denken de stervenden. Is dat niet heerlijk! Wil je me een plezier doen en deze vrouw de biecht afnemen? Deze ene nog, alleen deze ene. Dan heb je niets meer af te handelen.

Het was de pokdalige Ginevra della Maria.

Dat wil ik wel, zei Antonius, maar hij kon zijn hand niet meer optillen om een kruis te slaan. Hij wist niet of hij hem nog kon optillen. Maar hij geloofde dat hij zijn hand echt niet meer kon optillen.

Als je het goedvindt, zei zijn grootvader, zal ze je vinger pakken en die zelf naar haar voorhoofd en borst brengen. Laat haar begaan! Het betekent heel veel voor haar, weet je.

Antonius zei dat hij het goedvond, natuurlijk vond hij

het goed. Ik ga er breeduit voor staan, zei zijn grootvader, zodat ze niet kan worden aangegaapt door de pottenkijkers, die er een mooi verhaal van willen maken.

Doe dat maar, zei Antonius.

Ginevra knielde naast de baar, pakte de heilige wijsvinger van de rechterhand en tekende een kruisje op haar voorhoofd, mond en hart, en bad het Onzevader.

Ik breng haar terug, zei zijn grootvader. Maar wacht, ik ben zo weer bij je. Je hebt nog niet alles afgehandeld. Maar binnenkort wel.

Het is me nooit opgevallen dat in het Onzevader alleen de gebiedende wijs wordt gebruikt, zei Antonius. Wij gebieden God. Mogen we dat wel?

Daar komen we later nog wel op terug, zei zijn grootvader.

Zijn grootvader leidde Ginevra della Maria terug in de rijen van de drieduizend mensen. Niet alleen haar man, maar ook signor Japponi en diens vrouw stonden op haar te wachten; ze waren meegekomen omdat ze met Ginevra tussen hoop en vrees leefden. Niemand gaapte haar aan, niemand stelde vragen.

In een oogwenk stond zijn grootvader weer naast het veldbed midden op het plein, en ook nu was hij niet alleen. Hij had de voormalige abbas primas uit het klooster van de augustijner kanunniken in Lissabon, broeder Amarildo, meegebracht. Die leefde niet meer, daarom had hij weinig kleur en vloeiden de kleuren wervelend in elkaar over, bleke, fletse kleuren, en soms gleden ze naar beneden, verzamelden, concentreerden en vermengden zich in zijn benen, zodat die bruin werden alsof ze met het taaie rivierslijk van de Bacchiglione waren volgestopt; dan leken zijn hoofd en borst wel van kristal. Hij was naar het vagevuur gestuurd, naar die wereld die het voorstellingsvermogen te boven gaat, en boette daar voor zijn jaloezie en afgunst, waarvan Antonius het voorwerp was geweest. En zoals bij alle jaloerse mensen waren zijn oogleden dichtgenaaid.

Ik heb niet veel tijd en ik weet het, zei hij. Op de plaats waar ik ben heeft de biecht geen enkel nut meer, mijn ziel is verbrand, het overblijfsel ervan is verpulverd en uitgestrooid, en de duivels met hun spinnenvingers onderzoeken me om nog een laatste beetje jaloezie te vinden, waaronder een kwellend vlammetje gehouden kan worden. Ik ben gekomen om je te vertellen wat je in het vagevuur te wachten staat als je niet gelijk in de hemel wordt opgenomen, wat ik je eerlijk gezegd nog altijd niet gun. Het is er goed. Geloof me, het is er goed. Daar waar ik ben bestaat de gewoonte alles keer op keer te herhalen, ik zal proberen je dat te besparen. Het is daar goed. We leven in hoop en herhaling. Het is er goed. We worden met vuur gepijnigd en lijden veel pijn, dat is zo, en die pijn is gruwelijk, want het vuur is zo heet dat de draadjes die mijn ogen dichthouden, smelten, en elke vlam die me tegemoet slaat, heeft jouw gezicht, Fernando, en de draadjes smelten zodat ik mijn ogen kan openen en jouw gezicht kan zien, en daarna naait een van degenen die daar beneden werken, mijn ogen met nieuw draad weer dicht, en het is alsof ik opnieuw sterf, *de duivel heeft uit jaloezie de dood in de wereld gebracht...* Ik ben verloren gegaan en jij hebt me niet gezocht. Nog altijd haat ik je gezicht, en ik weet werkelijk niet of het een gelukkige louteringsmethode is om me keer op keer op keer je gelaatstrekken te laten zien. Of heb je me gezocht en gewoon niet gevonden? Antwoord niet. Het is goed. Het is goed. Voor jij naar ons klooster kwam, was ik een bescheiden man, nederig en gehoorzaam. Tegen de tijd dat je ons verliet, was ik een ander, mijn hart verschrompelde. Daar waar ik nu ben leven we in hoop en herhaling. Maar we weten dat er een einde aan komt. Dus leven we in hoop. En er komt niets nieuws bij. Dus leven we in herhaling. Nee, jij kunt je niet voorstellen hoe het is in hoop te leven. Op aarde is hoop het laatste houvast. Waar ik nu ben, is elke seconde ervan vervuld, zo boordevol dat elke seconde dreigt te barsten. Er heerst absolute verveling, marteling is de enige afwisseling. Ik zit tegenover holle schedels waarin spinnen slapen. De kompanen rechts en links van mij stinken uit hun muil alsof er daarbinnen dode muizen liggen te rotten. Schimmige viervoeters met het hoofd van een filosoof bewegen zich op de planken op en neer en gapen me aan alsof ik hun iets heb gevraagd – Socrates, Plato, Aristoteles, Boëtius en zelfs, geloof me, de grote Augustinus, alsof ze door een hartaanval weer in zuigelingen veranderd zijn. Alles is alsof. Niets is wat het is. Niets is wat het volgens zijn betekenis moet zijn. Want niets heeft betekenis. De veel te goede Scottus

Eriugena, een vet, zwetend varken met een kindergezicht, fluistert iedereen die langs hem glijdt zijn trucjes toe om de tijd op de louteringsberg goed te benutten. Of de waanwijze, toegetakelde, grijsgevederde pauw Anselmus van Canterbury herhaalt al honderd jaar lang onophoudelijk zijn godsbewijs en vraagt zichzelf en ons of hij met dezelfde logica niet evengoed zou kunnen bewijzen dat er gevleugelde rossen bestaan. Dat kun je je niet voorstellen, Fernando. De herhaling is nog moeilijker te verdragen dan de hoop, maar biedt tegelijk niet minder troost dan die laatste. We weten dat het niet erger wordt dan het is, het wordt niet beter, maar ook niet erger. En er komt een einde aan. Ik wou dat je naar ons toegestuurd werd. Ik durf de naam van de Allerhoogste niet uit te spreken. Dat hoort er ook bij. Maar we hebben de hoop die ooit weer te mogen uitspreken. Het is goed. Toen ik nog leefde was ik een mens die zichzelf niet meer verachten kon, gelukkig viel ik niet lang nadat je ons had verlaten, bij de appelpluk van de ladder en brak ik mijn nek voordat ik dingen kon doen die me voorbij het vagevuur direct in de hel hadden laten belanden. Ik, een man die een beetje minder intelligent is dan de anderen om mij heen, heb maar één zorg: wat gebeurt er als onze hoop wordt vervuld? Zal er iets veranderen? En is daarmee een einde aan iedere hoop en ook de herhalingen gekomen?

Antonius vroeg of hij hem kon helpen. Wilde hij door hem vergeven worden? Het hoefde immers niet in de vorm van een biecht te zijn.

Vergeving omdat ik jaloers op je ben geweest? vroeg de abbas primas. En wat gebeurt er als je mij vergeeft?

Ik weet het niet, zei Antonius. Misschien valt het je dan minder zwaar.

En als *ik* jou nu eens vergeef, vroeg de abbas primas.

Heb ik dan iets misdaan wat je me zou kunnen vergeven?

De abbas primas glimlachte en schudde tegelijkertijd zijn hoofd, wat lastig te interpreteren was, want een glimlach kon ja betekenen, hoofdschudden nee. Hij schudde het zichtbare af, laagje voor laagje, eerst de borstelige wenkbrauwen, daarna de haren, ze gingen overeind staan en schoten van zijn hoofd alsof ze werden weggezogen, toen verdween de neus en waar die was geweest, bleef een vlakke, gladde, witte rots over, en de rots werd zacht als was en smolt en verdween ook; daarna draaiden zijn ogen weg naar het niets en werden in zijn oogkassen de voorgevels van de huizen van Arcella in het fakkellicht zichtbaar; tot slot werd de hele man inclusief zijn weinige kleuren doorzichtiger dan kristal, doorzichtig als de lucht, alleen zijn glimlach en het hoofdschudden waren nog een poosje te zien, maar ook die verschrompelden, verschrompelden langzaam tot een stip. En weg was hij.

Hij moest gaan, zei zijn grootvader, hij had je gewaarschuwd dat hij weinig tijd had. Hou nog even vol, Fernando, heel even maar. Er is nog iemand die je wil spreken. Zijn grootvader haastte zich weg op zijn korte, kromme benen.

19

Antonius bad. Maar net als toen hij nog in het leven stond, schoot hem geen gebed te binnen dat direct aan zijn hart was ontsprongen zonder dat hij daarvoor in een boek hoefde te bladeren en dat hij in zijn eigen woorden formuleerde – zoals Franciscus in zijn zonnelied had gedaan. Een gebed was een geschenk van eenvoud.

Wees geprezen, mijn Heer, door zuster maan en de sterren. Aan de hemel hebt U ze gevormd, helder en kostbaar en mooi.

Wees geprezen, mijn Heer, door broeder wind en door de lucht, de wolken en heldere hemel, en ieder jaargetijde, waardoor U Uw schepselen leven geeft.

Wees geprezen, mijn Heer, door zuster water,
die heel nuttig is en nederig, kostbaar en kuis.

Wees geprezen, mijn Heer, door broeder vuur door wie U voor ons de nacht verlicht;
mooi en beminnelijk, krachtig en sterk is hij.

Daar geloofde hij niet in. Hij geloofde er niet in, omdat hij wist dat Franciscus niet wilde dat zijn verzen figuurlijk werden opgevat, maar dat hij de maan werkelijk als zijn zuster, de wind werkelijk als zijn broeder, het water wederom als zijn zuster en het vuur als zijn broeder had beschouwd. Hij had er met hem over gediscussieerd, had hem geprezen voor dit mooie gedicht, dat zich zelfbewust in de rangen van de oden van Horatius of de elegieën van Propertius of Tibullus kon scharen. Maar Franciscus had hem gevraagd wat hij bedoelde. Je hebt een mooi lied geschreven, had hij gezegd. Nee, ik heb geen lied geschreven, had Franciscus geantwoord, het is een groet aan mijn broeders en zusters. Maar het vuur is niet je broeder en het water niet je zuster, had Antonius gezegd. Wat bedoel je? had Franciscus opnieuw gevraagd. En Antonius had een tegenvraag gesteld: Zijn ze je broeders en zusters? Zoals je lichamelijke broeders en lichamelijke zusters? Ja, had Franciscus geantwoord, dat zijn ze. En Antonius had doorgevraagd: En is het waar dat je de taal van de dieren verstaat? Dat is waar, had Franciscus geantwoord.

Antonius geloofde het niet.

Hij geloofde dat Franciscus het geloofde. Maar *hij* geloofde het niet. En hij had het zo graag geloofd. En hij had zich ermee getroost dat ook de Heilige Augustinus het niet zou hebben geloofd.

Paulus had aan de Thessalonicenzen geschreven: *Wees altijd verheugd, bid onophoudelijk.* En in de Psalmen stond: *Ik zing U dagelijks zevenmaal lof, en 's nachts sta ik op om u te prijzen.* Het was onder de minderbroeders in zwang geraakt zelf gebeden te verzinnen om God van alles te vragen, gebeden aan de moeder Gods te verzinnen en aan Jezus, maar ook aan de heiligen alsof het goden waren. Samen met de gebeden werden er bevoegdheden verzonnen, en als iemand zin had in een lekker pittig soepje, zoog hij een gebed uit zijn duim en richtte dat tot de een of andere niet al te bekende heilige, die hem niet te drukbezet leek, zodat hij mocht hopen dat de vervulling van zijn wens niet al te lang op zich liet wachten. Om die flauwekul tegen te gaan had Antonius een breviergebed voor het getijdenboek van de broeders samengesteld waarin hij Bijbelteksten, thematisch geordend, bijeen had gebracht, een bonte mengelmoes uit het Oude en Nieuwe Testament, bijvoorbeeld over de liefde:

- *Wie mij liefheeft heb ik ook lief, wie mij zoekt, zal mij vinden.* (Spreuken)
- *Haat brengt ruzie voort, liefde dekt alle fouten toe.* (Spreuken)
- *Sterk als de dood is de liefde, beklemmend als het dodenrijk de hartstocht. Want de liefde is sterk als de dood, de hartstocht onstuitbaar als het graf. De liefde is een vlammend vuur, een vuurgloed van de Heer.* (Hooglied)
- *Zeeën kunnen de liefde niet doven, rivieren spoelen haar niet weg.* (Hooglied)
- *Zou een man met al zijn rijkdom liefde willen kopen, dan werd hij smadelijk veracht.* (Hooglied)

- *Heb de Heer, uw God, lief met heel uw hart en met heel uw ziel en met heel uw kracht en met heel uw verstand, en uw naaste als uzelf.* (Lucas)
- *Aan jullie liefde voor elkaar zal iedereen zien dat jullie mijn leerlingen zijn.* (Johannes)
- *Al had ik de gave om te profeteren en doorgrondde ik alle geheimen, al bezat ik alle kennis en had ik het geloof dat bergen kan verplaatsen – had ik de liefde niet, ik zou niets zijn.* (Paulus, brief aan de Korinthiërs)

20

Nu lag hij in Arcella op het plein voor het klooster en inmiddels was de nacht gevallen. Er brandden nog maar weinig fakkels en om het plein gonsde het gesnurk uit drieduizend kelen, en het klonk niet echt anders dan een gemompeld gebed. Door het koortsige hoofd van de stervende gleed een gedachte op zoek naar een gebed, een klein, door hemzelf geformuleerd, zelfbedacht, een louter uit de kern van zijn eigen ziel geformuleerd gebed. Eén woord maar. Eén woord! Eén woord! Mijn God, één woord!

En daar stond zijn grootvader alweer naast hem, en opnieuw was hij niet alleen.

Basima, zei Antonius.

Ja, zei Basima, ik ben naar je toe gekomen. In een droom kom ik naar je toe.

Je haar krult nog altijd alsof de goede God het om Zijn vinger heeft gewikkeld, zei Antonius.

Waarom zou het anders moeten zijn? zei ze lachend.

Maar de schelpjes ontbreken. Draag je geen sieraden meer, Basima?

Ik lig in bed. Waarom zou ik me tooien met sieraden

als ik naar bed ga om te slapen? Ik lig in bed van jou te dromen, Fernando.

Wil je naast me komen zitten?

Je hoeft maar een klein stukje op te schuiven, Fernando.

Dat kan ik niet.

Ik doe net alsof je het kunt. Ik ga op de stenen zitten en doe alsof je een stukje bent opgeschoven, en ik doe alsof je niet op een grof veldbed ligt, maar in een echt bed. Ik heb 's nachts vaak van je gedroomd, Fernando, en overdag denk ik vaak aan je. Maar als ik van je droomde, was je ver weg, ik heb je alleen vanuit de verte gezien. Daarom dacht ik vandaag dat ik naar je toe zou komen. Ik ben trots op wat je bent geworden, en ik ben er trots op dat we elkaar hebben gekend.

Wil je me iets over jou vertellen, Basima? vroeg Antonius.

Graag. Ik weet alleen niet of het interessant genoeg is. Ik leid een eenvoudig leven.

En ben je ook gelukkig?

O, ja, dat ben ik wel. Ik ben getrouwd en heb drie kinderen, twee meisjes en een jongen. De jongen is de oudste. Hij heet Diogo. Eerst wilde ik hem Fernando noemen, en Miguel, mijn man, wilde het ook, hij weet niets van ons, niemand weet iets van ons, alleen mijn moeder weet het. Mag ik haar de groeten van je doen als ik wakker word en me mijn droom nog herinner?

Ja, doe haar de groeten van mij, Basima. Zeg tegen haar dat ik erg op haar gesteld was.

Ze was ook op jou gesteld. Maar ik wilde je van Diogo vertellen, mijn oudste kind, en dat ik hem naar je wilde vernoemen. Maar toen dacht ik: dat is niet eerlijk. Het zou niet eerlijk zijn geweest tegenover Miguel en ook niet tegenover het kind en ook niet tegenover jou. Ik heb Diogo gekozen. Wat denk je, Fernando?

Ik had het fijn gevonden als je zoon mijn naam had gedragen, maar het is goed zoals het is, het is beter.

Goed, dan begin ik maar met vertellen als je wilt: we wonen in Coimbra, daar heeft Miguel een baan aan de universiteit. Hij beheert de kas van de universiteit. Hij weet veel van geld. Maar denk niet dat hij gierig is! Integendeel! Er is geen gullere man. Ik moet hem keer op keer verwijten dat hij een gat in zijn hand heeft. Niet dat we er ruzie over maken. Als we ruziemaken is het over andere dingen. Maar daarover hoef ik het niet te hebben, toch?

Misschien zou ik je raad kunnen geven.

Dat denk ik niet. Ik wil je maar één voorbeeld noemen, een voorbeeld van Miguels gulheid, die eigenlijk verkwisting is. Onze jongste dochter... ze ziet er trouwens net zo uit als ik vroeger, als twee druppels water, ze heet Mônica en is veertien, haar zusje is vijftien en heet Isabel, Diogo is zeventien... ik wilde je over Mônica vertellen, ze wil altijd dat haar vader iets voor haar meebrengt als hij voor zijn werk naar Lissabon reist of naar Braga of naar Porto, en een maand geleden vroeg ze om een granaatappel. En wat brengt Miguel voor haar mee? Honderd granaatappels! Hij moest een drager inhuren, stel je voor. Wat moeten wij nou met zo veel granaatappels? Hij zei tegen Mônica: ik hou honderd keer meer van je dan waar je om vraagt. Zo is hij. Mônica is zijn lieveling. Een weeklang aten we alleen maar granaatappels, 's ochtends, 's middags, 's avonds... Diogo en Isabel lieten hun ogen al rollen...

En Mônica?

Die deed alsof ze het nog altijd lekker vond. Ter wille van haar vader. Intussen slapen we apart, Miguel en ik. Maar dat heeft niets te betekenen. Soms snurk ik, de nacht erna snurkt hij. En voordat je je aan elkaar begint te ergeren... Gelukkig hebben we een groot huis. Toen je grootvader stierf, liet hij mijn moeder heel veel geld na, en van dat geld heeft mijn moeder het huis gekocht. Je oom en je zus en hun kloosterorden wilden het geld van ons afpakken, maar we hebben een advocaat in de arm genomen. Er zijn genoeg kamers in het huis, en dus hebben Miguel en ik ieder een eigen slaapkamer. 's Ochtends kruipt hij altijd bij mij in bed en dan liggen we een uurtje dicht bij elkaar, daar zijn we gewend aan geraakt. Dat is mooi. Daarom kan ik niet zo lang bij je blijven. Als hij wakker wordt, wil ik dat mijn droom voorbij is. Dat begrijp je toch? Soms zou ik willen dat we onze zoon Fernando hadden genoemd. Ik heb 's nachts in mijn dromen jouw naam geroepen, en dat meer dan eens, en dan werd Miguel wakker en vroeg: Wie is die Fernando, wie is dat? Zeg me nou eindelijk wie die Fernando is! Dat was pijnlijk. Als

onze zoon Fernando had geheten, zou hij het niet gevraagd hebben. Ik heb zomaar iets geantwoord. Waarschijnlijk heb ik gelogen. Ik heb gelogen, ja. Is dat erg?
 Vraag je dat aan mij?
 Ja.
 Ik denk niet dat het erg is.
 Zal ik je mijn leugen opbiechten?
 Nee, dat hoef je niet te doen.
 Ik moet nu gaan, Fernando.
 Ja.
 Ik moet gaan.
 Bedankt voor je bezoek, Basima.

Antonius voelde een briesje langs zijn voorhoofd strijken. Nu was de nacht al een heel eind op streek en rond deze tijd van het jaar was het maar kort donker, in het oosten staken de donkere gevels al af tegen de hemel.
 Nu, Fernando, zei zijn grootvader, nu heb je niets meer af te handelen – in elk geval niet dat ik weet.
 Opnieuw streek er een briesje langs het gezicht van de man die in Arcella op het plein voor het klooster lag, omringd door drieduizend slapende mensen, sommige met hun blote wang op de stenen, andere met hun hoofd in de schoot van hun vrouw, weer andere met de armen van hun kinderen om zich heen geslagen – een ochtendbriesje... een zomerochtendbriesje...

21

Maar hij had toch nog wat af te handelen – ga door, kroniekschrijver!

Toen iedereen nog sliep, sloop er een kleine monnik het plein over; de monnik die Antonius water had willen geven, dat hij onder zijn pij had verstopt; de monnik die zich na zijn noviciaat Fernandino wilde laten noemen naar de oude naam van Antonius, de monnik die overal rondbazuinde dat Antonius maar vier tenen had en dat God de vijfde zelf had gehouden. Hij knielde bij de stervende neer. Hij zag zijn ogen nog bewegen. Hij vroeg of Antonius hem hoorde. De ogen knipperden. De kleine monnik pakte zijn hand. De vingers van die hand bewogen, ze streelden zijn vingers. Moest hij hem de biecht afnemen? De ogen knipperden. De kleine monnik stelde hem fluisterend het volgende voor: hij zou langzaam en duidelijk de Tien Geboden opzeggen, het ene na het andere, en de zeven doodzonden, de ene na de andere, en als hij, Antonius, een gebod had overtreden of een doodzonde had begaan, moest hij met zijn ogen knipperen. Was hij het daarmee eens? De ogen knipperden.

Aldus geschiedde.

Aan het eind gaf de kleine monnik hem absolutie – *Deus, Pater misericordiarum, qui per mortem et resurrectionem Filii sui mundum sibi reconciliavit et Spiritum Sanctum effudit in remissionem peccatorum, per ministerium Ecclesiae indulgentiam tibi tribuat et pacem. Et ego te absolvo a peccatis tuis in nomine Patris, et Filii, et Spiritus Sancti, Amen* – en hij sloop het plein weer over, stapte over de man die met zijn wang de stenen beroerde, over de vrouw die het hoofd van haar man in haar schoot had, over de kinderen die hun moeder omhelsden.

Toen het plein nog in de schaduw lag, maar de hemel al licht was, werden de eerste mensen wakker, en op de borst van Antonius zat een raaf. Ze wekten de anderen, en zachtjes kwamen ze dichterbij en bogen zich over hem heen. En ze zagen dat de man die terugvindt wat verloren is, op aarde niets meer af te handelen had.